罪《つみ》人《びと》が祈るとき

小林由香

JN172528

双葉文庫

目次

罪人《つみびと》が祈るとき

第一章　遭逢

十一月六日の呪い――。

この奇怪な出来事は、当時中学生だった少年Sの自殺から始まった。

冷たい雨が降りしきる十一月六日、母親は夕食の仕度を済ませてから、二階の自室にいるSの名前を大声で呼んだが、しばらくしても返事がなかったという。

心配になった母親が息子の部屋に行くと、そこには、自分の首をカッターで切り裂いた血まみれのSが倒れていた。発見してすぐに一一九番通報したが、救急隊が駆けつけたときには、既に出血多量で心肺停止の状態だったようだ。

救急隊は、蘇生に向けて懸命な救命処置を行い、一時は息を吹き返したが、病院に搬送後まもなく死亡した。

Sが倒れていた付近には、何人かの名前と「こいつらを呪う」と血の文字で書かれたノートが残されていたという。けれども、名前を書き込んだと思われる箇所は、首を切ったときに飛散した血で、ほとんど判読できなかったようだ。

その翌年の十一月六日、Sの母親は息子のあとを追うように自殺した。公園の先にある高台に建てられた展望台から身を投げたのだ。

不幸の連鎖は断ち切れず、その後も奇妙な自殺は続いた。

母親が自殺した翌年、Sのクラスメートだった Yが、廃墟になったビルの屋上から投身自殺したのだ。現場には遺書が残されていたという。

偶然では片づけられないほど奇怪だが、その日も十一月六日だった。

Sの近隣住民や同級生たちは、三年続いた不幸を不気味に感じ、彼らの中には「十一月六日は呪われている」と噂する者も多くいる。今年は不吉な出来事が起こらないことを祈るばかりだ、そう不安を募らせていた。

Yが書き残した遺書には、Sへのいじめの実態と謝罪文が書かれていたようだが、果たして、これは本当に何かの『呪い』なのだろうか――。

（「週刊ウォッシュ」八月二八日号）

高校の近くにある展望台公園に逃げ込んだ僕は、あいつらにたやすく追いつかれ、人通りの少ない雑木林に連れ込まれた。木々の枝葉が鬱蒼《うっそう》と茂っているせいで、陽光が遮られて辺りは急に薄暗くなる。

大木の前に倒れ込んだ僕は、次々に蹴り上げてくる複数の足から頭を守るため、両腕で必死にガードした。腹を隠すために膝を曲げて芋虫のように身を縮める。

どうしてだろう――。

胃液が込み上げてこんなにも苦しいのに、頭に浮かんでくるのはコンビニで立ち読みした週刊誌「ウォッシュ」の記事だった。

週刊誌には『奇妙な事件簿』というコーナーがあり、毎回謎めいた出来事が掲載されている。激しい雷雨の夜、空に龍が現れるという村や、子どもが立て続けに神隠しにあう不思議な公園の話が特集されていた。

今週号は『十一月六日の呪い』だった。

真相は究明されていないけれど、小説や漫画とは違って、現実に起きている事件というのが興味深くて妙に心を奪われた。

強い肉体的な痛みを感じるほど、なぜか文章は鮮明に甦ってくる。現実逃避して痛みの感覚を少しでも紛らわせたいのかもしれない。

「気持ち悪い。こいつ笑ってるんだけど」

「完全にマゾじゃん」

僕と同じ高校の制服を着た箕輪《みのわ》冬人《ふゆと》と荒木田《あらきだ》剛《つよし》は、そう言うと蔑《さげす》むような笑みを浮かべた。

彼らは高校一年で、僕のクラスメートだ。

酸っぱい胃液を口から零《こぼ》しながら、必死に浅い呼吸を繰り返す。全身の筋肉は緊張し、息が苦しくてしかたなかった。

木陰だったが、三十度を超える気温のせいで身体は汗まみれになり、ひどく気分が悪い。セミの鳴き声が、痛みに拍車をかけるようで耳を塞ぎたかった。

こんな惨めな状態でも、僕はまだ生きたいのだろうか？

いや、もう生きたくはない。身体の全細胞に訊いてみても、みんながそう答える。もう死にたい、と——。

でも……ただ死ぬのは嫌だ。

どうせ死ぬなら、十一月六日にあいつを殺してから死にたい。

自殺する前に、僕が殴られている場面を誰かに撮影してもらい、その映像をあの週刊誌を発行している出版社に送ってやる。動画と一緒に、あいつの名前を書いた遺書も同封する。

そうすれば、週刊誌に載っていた『十一月六日の呪い』は世間からもっと注目され、深い謎を残すだろう。

けれど僕は、Sとはなんの繋がりもない。それでは意味がない。

それなら繋がりを作ればいいだけだ。

いじめた相手の名前を書き残して死んだSは、自らの命と引き換えに、相手に復讐をしようとした。

彼の遺志を継ぎ、十一月六日は屈辱を受けた人間が、相手に仕返しする日にすればいい。

成人の日なんていらない。春分の日もこどもの日も海の日も山の日もいらない。その代わり、『復讐の日』を作ればいい。

SNSなどに『復讐の日』を推進する内容を書き込んで拡散してやる。「理不尽な状況に追い込まれて自殺を考えている人がいたら、『十一月六日の復讐の日』に憎むべき相手を葬ってから死のう」そう書きまくり、自らがその先駆けとなるのだ。

人を虫けらのように扱う人間たちは、その日が来るたびに怯えるだろう。今まで自分たちが蔑み、追い込んできた相手から報復されるのではないかと恐れ、戦慄する日になるのだ。

実際に、たくさんの復讐劇が生まれてほしい。そうすれば、少しはこの世界からいじめが減るかもしれない。

だけど、その日まで待てない。いや、あいつが待ってくれない。

日増しに暴力はエスカレートし、最近では命の危機すら感じる。少年が暴行を受けて死亡するニュースや記事を見聞きするたび、明日は我が身だと思う。嫌な事件が多いと嘆くことができるのは、自分が幸せな世界にいる証拠だ。

いじめられている側が都合のよい計画を実行できるほど、余裕のある状況ではないのだ。

このままだとあの少年たちと同じように、僕も殺されるのだろうか……。

本当はやり返したいけれど、できないなら早く死んだ方が楽な気がした。長く生きれば、その分だけ痛みが増すのだから――。

「もういいよ、殺せよ」

僕の本音に、冬人と剛は一瞬ぎょっとした表情を見せたが、隣に立っている川崎《かわさき》竜二《りゅうじ》だけは、大きな歯を剝き出して笑っている。

竜二は、同じ高校の一学年上の先輩だった。一八〇センチを超す長身で、威圧的なほど筋肉質だ。彫りが深く、肩まであるストレートの髪は金と黒が交じっている。制服を着ていないときは、いつも上下スウェットに赤いスニーカーを履いていた。

剛が言うには、高校に入ってから竜二は、カラーギャング『レッドエル』に所属していたらしい。今は解散しているが、この辺では有名な不良少年の集団だった。不良少年という響きは可愛らし過ぎる。あいつらがやっているのは、窃盗や恐喝、暴行といったれっきとした犯罪行為だ。

数日前も僕と同い年の十六歳の少年が廃倉庫に監禁され、集団リンチにあい死亡した。ネットのニュースで見たが、少年は「もう殺してほしい」と懇願するほど残酷な暴行を受け続けたそうだ。その犯人たちが元『レッドエル』のメンバーだった。捕まっていないところをみると、竜二は犯行に加わっていないようだが、こいつだって簡単に人を殺せる怪物に思える。

警察が解散に追い込んでも、またいつ新たな暴力集団が作られるかわからない。

様々な技術が進化して住みよい街が造られても、こんな怪物はいなくならないと思うと、この先も絶望しかない。

一度でいいから、ワンダフルワールドと言ってみたかった。

大人たちは、目をつけられないようにと子どもたちに忠告しているが、向こうから関わってこられたらどうすればいいのだ。

次の瞬間、竜二の大きな足が脇腹を強く踏んだ。

嫌な音がした。肋骨にヒビが入った気がする。

「お前、俺が本気で殺さないとか思ってないよな?」

竜二は、慣れた手つきでポケットからナイフを取り出した。

「それはさすがにまずいですよ」

冬人の不安そうな声に気をよくしたのか、竜二は偉そうに言い放った。

「俺は警察も人を殺すのも怖くねぇよ。だって俺、前にひとり殺してるから」

殺人なんてなんの自慢にもならないのに、小鼻を膨らませて誇らしげにしゃべる竜二の姿が滑稽《こっけい》に思えた。

もし本当に人を殺しているなら、少年院に送致されているはずだ。そんな噂は一度も聞いていない。きっと、虚勢を張って自分を大きく見せているだけだろう。どこまでも情けない奴だ。

「時田《ときた》が十万持ってこないから殴られるんだよ。お前が悪いんだ」

冬人の責める声が少し震えていた。

ナイフを見て正気に戻ったのだろう。でも、僕が殺されるのを心配している訳じゃない。自分が警察に捕まり、その後の人生が破滅するのが怖いだけだ。

僕は、はっきり宣言した。

「お前らなんかに金を渡す気はないから」

冬人の泣き出しそうな顔が面白くて笑えた。

剛は、苛立ったようすで頭をかきむしってから声を張り上げた。

「竜二先輩をなめるなよ。この人は本当にやるからな」

竜二は「目玉を突き刺してから、耳を切り落としてやろうかなぁ」と鼻歌交じりで近づいてくる。口もとの微笑は消え、目つきが鋭くなっていた。

緊張で全身が強張った。

死ぬ覚悟はできていたけれど、命を奪われずに目や耳をやられるのは困る。やるならひと思いに殺してほしい。倉庫で殺された少年の恐怖が嫌というほどわかった。

右耳を強く引っ張られ、ナイフを向けられた瞬間、ボンという音と共に目の前を何かが横切った。

上空をキラキラ輝くナイフが、弧を描くように飛んでいく。

一斉にセミの鳴き声が止んだ。

竜二はあっけにとられ、冬人と剛も警戒した表情で何かを見ていた。

彼らの視線の先には、ひとりのピエロが立っている。

上背はなく、華奢な体形で頼りないが、背筋をピンと伸ばしている姿は、何物にも動じないというようなオーラを放っていた。

人間が仮装しているのではなく、突如異空間から現れた奇妙な生き物に思えた。

カラフルな服装のせいか、薄紫色の雲が流れる夕焼け空に違和感なく溶け込んでいる。

深紅の髪はライオンのように逆立って広がり、顔にはピエロのマスクをつけている。安っぽいマスクではなく、特注なのか骨格がわかるほど皮膚にしっかり張りついていた。

目の周りは黒く塗られ、右目から零れるように水色の涙が描かれている。中央には光沢のある丸くて赤いクラウンノーズ。その下には不気味なほど分厚くて、耳に向かって引き裂いたような大きな唇。そこから、白くて並びのよい小さな歯が見えた。

マスクは目と口の部分だけが少し開いていて、微かに見える唇には、サーモンピンクの艶《つや》のある口紅が塗られていた。

カラーコンタクトを入れているのか、黒目の部分は紫色だ。

服装は黄色いジャンプスーツ。上半身にはボタンのように、大きなオレンジ色の丸い毛糸のポンポンが三つついている。丈の短い黒いベストを羽織り、先の丸いシルバーの靴を履いていた。手には白い手袋をしている。

その姿を見たとき、ある古い映画を思い出した。

幼い頃に観たホラー映画だ。ペニーワイズというピエロが、人が怖いと思うものに姿を変化させて、子どもたちを次々に殺していくというストーリーだった。

服装がその映画のピエロに似ていたのだ。

あの映画を観て以来、ピエロに恐怖を覚えるようになったが、今は本物のペニーワイズならいいのにと思う。

僕を殺してもいいから、竜二も殺してほしい。

こいつが恐れるものはなんだろう——。

恐れるものに擬態したペニーワイズに追いつめられ、鋭い牙で血だらけにされる三人の姿を想像すると思わず口もとが緩んだ。

ピエロは軽やかなステップで近づき、倒れている僕と竜二の間に立った。

そして、竜二に向かって人差し指を左右に揺らす。その仕草が癇《かん》に障ったのか、竜二は素早く拳を放った。

ピエロは後方に飛び跳ね、僕の隣に倒れ込んだ。

「何こいつ、すげぇ弱いんだけど」

剛は呆れ顔でそう言ったが、それは見当違いだった。一瞬、殴られて飛ばされたように見えたが、あたる寸前で拳をかわし、わざと殴られる振りをして倒れたのだ。

ピエロは操り人形のように軽やかに起き上がると、木の周りを一周してから再び竜二の目の前に立った。

重力など存在しないような身軽な動きで、どこか楽しんでいるような余裕も窺える。

竜二はもう一度、勢いよく殴ろうとしたが、ボボォワンという鈍い音と共に前のめりに倒れ込み、木の幹に巨体を強くぶつけた。

数羽の鳥が一斉に飛び立った。

竜二が殴ったのはピエロではなく、手品のように取り出された黒色の風船だった。ピエロは殴られた振りをして、木の裏に隠してあった風船を手に取り、それを背後に忍ばせて竜二の前に立ったのだ。

タネが見えなかった人間は、ただ手をうしろに組んでいるように見えただろう。

ピエロは殴られそうになった瞬間、顔の位置に風船を出して素早く身を屈めたため、竜二は殴る物体を失って身体ごと木に突進した。

ピエロの手にある風船は、呑気にゆらゆら揺れている。中央には白抜きの文字で『LOVE&PEACE』と書かれていた。

突然どこからか、子どもの歓声のようなものが聞こえてきた。甲高い声でキャキャッと笑い声をあげている。その声の主は、背中に羽がついているような軽やかさで飛びまわっているピエロだった。

男なのか女なのか、性別はおろか、子どもなのか大人なのかもわからない不気味さが漂っている。同じ思いだったのか、スウェットについた土を払いながら竜二が怯えた声を出した。

「なんだよこいつ……」

さっきまで「警察も人殺しも怖くない」と言っていた人間とは思えないほど、顔が強張っている。口もとは辛うじて笑みを浮かべているが、右頬が引きつっていた。

ピエロは、もっと来いよと挑発するかのように、掌を上にして手招きした。両足は休むことなく、常に軽快なステップを踏み続けている。

冬人と剛は、その奇妙なようすを呆然と見つめていた。

額に青筋を立て、血走った目をしている竜二に気づいた剛は、慌ててピエロのうしろにまわり込み、鞄を振りかぶった。

素早く屈んだピエロは、しゃがんだ体勢から水面蹴りをして、剛の脚を払いのけた。軸を失った剛は地面に倒れ込む。また子どものような笑い声が周囲に響く。

竜二は懲りずに殴りかかるが、軽くかわされ、背後にまわられたピエロに尻を蹴られて地面に両膝をついた。

ピエロはすかさずポケットから折り畳みナイフを取り出して竜二の首に向けたため、攻撃態勢をとっていた冬人は、凍りついたように身動きがとれなくなる。

普通なら逃げるだけで精一杯のはずなのに、ステップも腕の動きも屈む姿勢も全て器械体操のように美しく、常人の動きとは思えなかった。まるで事前に打ち合わせをした映画の格闘シーンのようだ。

気づけば全身の痛みも忘れ、食い入るように見つめていた。

ピエロは、膝をついたまま動けなくなった竜二の前にまわり込み、首に向けていたナイフの刃先を右目に向けた。

周囲に緊張が走った。

目玉を突き刺すシーンを想像してぞっとしたが、ピエロはゆっくりナイフをしまった。

どこからか「警察からのお知らせです。公園内で置き引きが多発しております。お荷物から目を離さないようお気をつけください」というアナウンスが流れてくる。

竜二は、ピエロではなく僕の方を見ながら「絶対、殺してやる」と低い声で捨て台詞《ぜりふ》を吐いて去って行った。冬人と剛も慌てて鞄を拾い、あとを追う。

もしも『レッドエル』が解散していなければ、すぐに仲間を連れて仕返しに来るだろう。

ピエロは何もなかったかのように、僕の目の前にしゃがむと、ポケットから風船を取り出して一気に息を吹き込んだ。

ふくらんでいくラベンダー色の風船には、黒色のマジックで『ＳＭＩＬＥ』と書いてあった。風船の口を器用な手つきで縛ると、僕の目の前で小さく左右に揺らす。

「警察に相談はしないの？」

ピエロは腹話術のように唇や顔の筋肉をいっさい動かさず、甲高い声で早口にそう言ったので、一瞬誰が話しているのかわからなかった。

「警察には相談できません。前にあいつから『警察に助けを求めたりするなよ。俺が捕まって少年院に入ったとしても、出院したら必ずお前や家族を殺しに行くからな』って言われたんです」

「暴力は何も生まない。そんなの嘘だね。この世界は弱肉強食。強くなければ虐げられる。体力だけじゃない、精神的にもね」

相変わらず腹話術のような話し方だった。

格好は幻想的なのに、発する言葉は悲しいほど現実的だ。でもそれが、なぜか心地よく感じられた。綺麗ごとはもう聞きたくない。

「あなたは強いね」

僕がそう言うと、ピエロは右手を前に差し出した。

「強くて弱い。私はペニー」

やっぱりペニーワイズを意識しているのだと思ったら、さらにピエロに興味が湧いた。

「僕は時田祥平《しょうへい》」

自己紹介したあと、僕がペニーの手を握り返そうとしたとき、驚きで心臓が跳ね上がった。

突然ペニーの手から大きなカエルが現れたのだ。どこに隠していたのか、よく見ると本物にそっくりなゴム製のおもちゃを掌にのせている。もう一度同じことをされても、きっと手品のタネはわからない。それほど自然にカエルは現れた。

僕は昔からカエルが苦手だった。

ペニーが腹の部分を指で押すと、カエルは口を大きく開けて「グゥワァ」という気味の悪い声をあげた。

「まだ仲良しじゃないから、握手なんてしてあげない」

ペニーは子どものような口ぶりでそう言うと、近くの木の傍に置いてある虹色のワンシヨルダーのデイパックを背負った。カラフルなデイパックは、中に何が入っているのか、大きく膨れ上がっている。

殴られていたせいもあるが、あんな大荷物を持っていたのに、ペニーが近づいてきた気配に全く気づかなかった。それはあの三人も同じだっただろう。

ペニーは跳ねるような足取りで走り出し、途中で振り返ってこちらに手招きする。華麗なステップで進むうしろ姿を見ているうちに、自然と身体が動き始め、あとを追いかけた。

雑木林を抜けて、広々とした芝生の広場に出た。その中央には、公園で一番大きく成長したケヤキの大木がある。

遠く離れた東側には遊具があり、人が何人かいるのが見えた。きっと子どもたちが遊んでいるのだろう。

僕らがいる大木の周りには遊具もベンチもないせいか、いつも閑散としている。街灯も少ないため、夜も人通りはほとんどない場所だった。噂では、雑木林には不審者が出没するらしい。

ケヤキの下に膝を抱えて座っているペニーを見て、なぜかそこにいてくれることに安堵した。自由に飛びまわるピエロは、急に姿を消してしまうような気がして不安だったのだ。足早にケヤキまで行き、隣に座った。

ペニーはデイパックの中からミネラルウォーターを取り出すと、「あげる」と言って僕に差し出した。軽く頭を下げてから、ボトルを摑もうとして悲鳴をあげた。

ボトルの横から、またカエルが顔を出したのだ。

ペニーはキャキャキャッと笑い声をあげたあと、今度は本当にミネラルウォーターをくれた。喉が渇いていたから嬉しかった。

キャップを外してミネラルウォーターを一口含み、顔を横に向けて口の中に残っている胃液を洗い流すように吐き出した。口の中が切れているため、微かに血の味がする。

さっきまでは気づかなかったけれど、だんだんと身体の痛みが増してくる。特に踏まれた肋骨の部分が強く痛んだ。

「どうして……僕を助けてくれたんですか」

その質問には答えず、代わりに問いを投げてきた。

「君は死にたいの?」

きっと、あいつらに「もういいよ、殺せよ」と言ったのを聞いていたのだろう。

「できるならあいつを……竜二を殺してから、僕も死にたいと思っています」

「もったいない。相手を殺すだけにすればいいのに」

「人を殺したら捕まるし、その後の人生もどうせ辛いことばかりだろうから、生きていたって意味なんてないんです」

「それなら完全犯罪にすればいい」

「完全犯罪？　そんなの無理ですよ。日本の警察は優秀だし」

「私が殺してあげる」

嘱託殺人？　冗談なのだろうか。それとも人を殺すのを趣味にしている殺人鬼なのか──。

少し警戒しながら思いを巡らせていると、ペニーはまたキャキャッと笑った。

もしかしたら、からかって楽しんでいるのかもしれない。僕は本気だということを伝えたくて、先ほどまで考えていた『復讐の日』を推進する殺害計画の内容を話した。

ペニーには年齢もジェンダーも超えた何かがある。どこか常識からかけ離れた位置にいる気がした。そうでなければ、ナイフを持った粗暴な男に近づき、手品を披露しながらダンスを踊るように僕を助けたりはしないはずだ。

だから反道徳的なことを口にしても、否定されない気がして、なんでも素直に打ち明けられた。けれど、ペニーは会話の途中でも相槌《あいづち》を打つこともなく、感情のないマネキンのように無反応だった。

「バカにされてもかまいません。今の僕には、それしか生きる目的もやりたいこともないんです」

「その計画、ロマンチックだね」

意味がわからず、思わずペニーの顔を見た。

ペニーは笑っている気がした。マスクに笑顔が描かれているからではなく、並びのよい小さな歯が微かに見えたからだ。

ふざけていると思っているのだろうか。病んでいる若者を刺激しないように話を合わせてくれているのか。それとも本当に賛同してくれているのか判断がつかない。

「一生懸命生きている人を無残なやり方で傷つける奴は、全員殺してやりたいんだ」

そう話した僕の目を、ペニーは凝視した。

紫色の二つの瞳は、何かを探るようにじっと見つめてくる。

「君の死にたい理由に興味がある」

感情のない甲高い声が響いた。ペニーは人差し指を立てて、「それだけでいい。教えて」と言った。

心地よい風が吹いていた。木の葉が揺れる音がする。

日が沈みかけてきたせいか、さっきまであった熱気は収まり、セミの鳴き声も静まっている。

「この世界に誕生したとき、僕は息をしていなかったそうです」

素直に話し始めた自分自身に驚くと同時に、ずっと誰かに聞いてほしかったんだと気づいた。

ペニーは人間ではなく、会話ができるロボットに思えるから話しやすかった。だから、どれほど悲しい出来事も、屈辱的な過去も正直に語れそうな気がした。


僕は生まれたとき、息をしていなかったそうだ。今なら理由がよくわかる。この世界に生を享《う》けたくなかったからだ。医師は何度も尻を叩き、やっと呼吸を始めたらしいが、余計なことをしてくれたと思う。それ以前に、父と母が出会い、子どもなんてつくらなければよかったのだ。

そう思っているのは僕だけではない。一番、自分の生き方を後悔しているのは両親だろう。

父は総合商社に勤めていた。僕がまだ幼い頃は、販路を拡大するために海外出張が多かったが、母がいなくなってからは、事業投資部に異動になり、日本にいることが多くなった。それなのに、仕事が忙しいという理由からほとんど家に帰って来なかった。

母がいなくなったと言ったが、死んだわけではない。けれど、僕の中では母は死んだことになっている。そう思わなければ、アイデンティティーを保てなかったからだ。

僕が十三歳のとき、母はリビングに離婚届と手紙を残して家を出た。いや、手紙とよべるほどのものではなく、一筆箋に一文書いてあっただけだ。『もう一度、人生をやり直したい』と。そのまま笹に飾れば、七夕の願い事になっただろう。

手紙には「ごめんなさい」という謝罪の文言や息子を心配するような言葉はいっさい書かれていなかった。

薄々だが、母が離婚したい原因はわかっていた。父が浮気をしていたからだ。

初めて杉山《すぎやま》エリカに会ったのは、父の会社の創立記念日に行われたクルージングパーティーに家族で出席したときだ。僕が十歳の誕生日を迎えた頃だ。

父はごく自然に同じ職場で働く同僚として、エリカを母と僕に紹介した。あのとき、どんな気持ちで浮気相手を紹介したのだろう。もしかしたら、まだ親密な関係ではなかったかもしれないが、少しだけ翳って見えた母の横顔を未だに思い出す。

エリカは、父より一回りも若い綺麗な女性だった。秀でた額は利発そうに見え、自信に溢れた態度は勝気な印象があった。語学が堪能で、様々な国の人と楽しそうに話をしていた。彼女が近くに来るたびに、鼻に抜けるようなミント系の匂いがした。

父の浮気を確信したのは、十二歳の頃だ。

その日は母の誕生日で、僕は学校帰りにホールケーキを買い、父はプレゼントを買って帰る予定だったが、夜の十一時を過ぎても父は帰宅しなかった。心配になり、母に隠れて携帯に何度も連絡を入れたが、どれだけ待っても返事はなかった。

不安そうな母の表情を見て、「もうふたりでケーキも食べちゃおう」と明るい声で提案したとき、自宅の電話が鳴った。

父からだったら、ひと言、嫌みを言ってやる。そう思いながら受話器を取ると、相手はエリカだった。

「英之《ひでゆき》さんは、ひどく酔っていらっしゃるので、今日は帰れないかもしれません」

エリカには自宅に電話をしてくる図太さがあった。

時田さんや課長ではなく、「英之さん」と呼ぶ声に不吉なものを感じて、嫌悪感が湧き上がってくる。父のシャツからするミントの匂いは、あの女のものだったのかもしれない。

「お父さん、今日は仕事で遅くなるって」

「本当にお父さんだった?」

虚ろな表情でソファに座っている母は、今まで聞いたこともないような暗い声でそう言った。

「そうだよ、お父さんだよ」

僕は声が震えているのを気づかれないように、ケーキをとりにキッチンに向かうと、母は突き放すような口調で言った。

「あの人……お父さんは浮気しているの。私も祥平のこともいらないみたい」

もう限界だったのだろう。息子には悟られないように必死に隠していたが、母の心の中で何かが壊れたのかもしれない。声を殺して泣き出した母は「家族なんて邪魔なのよ」と繰り返した。

「それ、お母さんの勘違いだよ」

そう軽い口調で言った自分の声を今でも覚えている。

まだ小学生だった僕は、両親の不穏な関係を知ったところで、どう対処すればいいのかわからなかった。今思えば、もっと母に寄り添って話を聞いてあげればよかったと思う。父に「浮気はやめろ」と怒りをぶつけ、エリカの前では「僕のお父さんをとらないで」と泣いてみせればよかった。でも僕は、どれも実行に移せなかった。何かすれば、家族が本当に崩壊してしまう気がして怖かったのだ。

その頃の僕は、父の母校でもある名門の中高一貫校に合格し、これから明るい未来だけが待っていると心を躍らせていた。そんな矢先に起きた悲しい出来事だった。

教育熱心だった母は、僕が合格したとき泣いて喜んでくれた。「祥平はお母さんの誇り）と言ってくれた。それなのに、人生をやり直したいと思われるほど、母にとって僕はいらない子になっていたのだ。

中学時代、辛い現実を受け止められず、ずっと考え続けた。

母が僕を連れて行ってくれなかったのは、自分の人生から消し去りたいほど、いらない子だったからだ――。それを受け入れるのはあまりにも苦しかった。

エリカが僕の家に来るようになったのは、母が出て行ってから半年ほど経った頃だ。彼女に対して怒りや憎しみはもちろんあったが、それ以上に父が許せなかった。でも、僕は笑顔を絶やさずに従順な振りをした。父からも見捨てられたら、どうやって生きて行けばいいのだろう。そう思うと、大学を卒業するまでは自分の感情は押し殺し、いい息子を演じようと思ったのだ。

ときどき、自宅にやって来るエリカは、僕の好物のビーフシチューやエビドリアなどを作ってくれた。料理はできないと思っていたけれど、意外にもどれも美味しかった。いらない子だった僕のために料理を作り、誕生日には人気のスニーカーをプレゼントしてくれたし、勉強も熱心に教えてくれた。必死に好かれようとしているエリカの姿を見ているうちに、それほど憎らしいとは思わなくなっていた。

期末テストの英語の試験で学年の最高点を取った僕は、自分の部屋から答案用紙を手にリビングへ急いだ。エリカに教えてもらったおかげで成績が伸びたのだ。結果を見せて喜んでくれる姿を想像すると胸が躍った。昔の母のように——。

「結婚は無理よ。あなたとは家族になれても、祥平君とは無理だわ」

その迷いのない声に、リビングのドアの前で足が凍りついた。

「どうして？　祥平も君に懐いているし、そろそろ本当の家族になってもいいじゃないか」

父の説得するような声に、彼女は淡々とした口調で返した。

「悪いけど、祥平君の面倒は見たくない。もし私たちに子どもが生まれたら、私は自分の子どもだけを優先して可愛がると思う。あなたと一緒になりたいからって嘘をつくのは嫌なの。こういう私が嫌なら、もう別れましょう」

「ちょっと待ってくれ。あと三年我慢したら祥平は東京の大学に行くはずだ。そしたら一緒に暮らそう」

「あと三年もこんな生活を続けろっていうの？」

どうしてだろう。何がいけなかったのだろう——。

僕はいつも一生懸命だった。母が望む学校に合格し、小学校の頃は絵画コンクールで県知事賞を受賞し、読書感想文も三年連続で入選した。いつだって全力で頑張ってきた。親にも反抗しない手のかからない子どもだったはずだ。

エリカが嫌がるようなことはいっさいしなかった。彼女が作る料理を「おいしい」と褒《ほ》めて、良好な関係を築いてきたはずだ。

それなのにどうして――。

母がほしかったのは父だけだ。エリカがほしいのも父だけだ。みんな僕が邪魔で、誰も必要としてくれない。

いらない子は、誰にとってもいらないのだ。

答案用紙をくしゃくしゃに丸めて、リビングのドアを開けた。

「お父さん、お母さんの居場所を教えてよ。そんなに僕が邪魔なら今すぐ出て行ってあげる」

父は狼狽し、エリカは気まずそうに目を伏せた。

「あんたも僕が嫌なら、この家に来なくていいよ。そもそも家族を壊して、お母さんを追い出したくせによく家に来られるね。感覚がおかしいよ」

エリカは「ごめんなさい」と消え入りそうな声で言い、バッグを手に部屋を出て行った。

追いかけた父の「あとで電話をするから」と謝っている声が玄関の方から聞こえ、激しい苛立ちが込み上げてきた。

戻って来た父に、僕はもう一度「お母さんのところに行くから連絡先を教えて」と投げ捨てるように言い放った。

今度は僕が父を捨ててやる。エリカと幸せになればいい。息子より女の方が大切なんだろ。

「お母さんには……男がいたんだ」

一瞬、頭の中が真っ白になり、父の言っていることが全く理解できなかった。

「絵画教室の講師だよ」

確かに、出て行く一年前から絵画教室に通っていた。その頃から薄化粧だった母がしっかり口紅を塗り、服装も華やかになった。「祥平も油絵を習う?」と母から訊かれたのを思い出した。学校で美術部に入っていたので断ったが、あのとき絵画教室に通っていれば、母は僕も一緒に連れて行ってくれただろうか……。きっと無理だろう。母の新しい男にまた嫌われるだけだ。

「もともとはお父さんが悪いんだけど、お母さんも別の場所で新しい人生を始めていると思う」

「お父さんは自分が悪いと思ったから……いらないけど僕を引き取ったの?」

「そうじゃないよ。いらないなんて思ってない」

もう嘘だらけだ。お父さんじゃない、お母さんじゃない、エリカでもない。一番むかつくのは自分自身だ。どうしてこんなにも不必要な人間なのだろう。どうして誰からも愛してもらえないのだろう。

誰かを恨みたいのに、自分が嫌でしかたなかった。

僕がそこまで話すと、ペニーはおもむろに空を仰いだ。

辺りは、もう夜の闇に包まれていた。空には数えきれないほどの星が輝いている。

「君はいらない子なんかじゃない」

ペニーは、空を見上げたままそう言った。

「慰めてくれなくても大丈夫です」

「私は君の命がほしい」

「命?」

「そう、君の命がほしい」

「僕の命なんてなんの価値もないよ」

「それを決めるのは私。どうせ死ぬならいいよね?」

そう言うとペニーは立ち上がり、黙ったまま僕を見下ろした。

こんな価値のない命がほしいなら、迷わずあげる。その方が悩まなくて済む。本当は自ら命を絶つのは怖いし、あいつを殺すのも簡単じゃない。それなら、誰かに自分の運命を委ねる方が楽だ。たとえ身体中を切り刻まれて、臓器を売られたとしても、誰かの役に立って死ぬ方がよっぽどマシだ。

「いいよ……僕の命をあげる」

「明日の夜七時に、またここで会おう」

ペニーはバイバイと小さく手を振ると、踊るような足取りで公園をあとにした。

闇の中に消えたペニーのうしろ姿が、いつまでも頭の中に残っていた。

翌日、半信半疑だったが、約束の三十分前に展望台公園に行ってみた。

ペニーは軽い気持ちで言ったのかもしれないけれど、「君はいらない子なんかじゃない」という言葉が、泣きたくなるほど嬉しかった。何も知らない他人に頼りたくなるほど、僕には助けてくれる人が誰もいなかったのだ。

芝生の広場でケヤキにもたれかかり、炭酸飲料を飲んでいると、左肩に何か気配を感じた。緑色のものが目に飛び込んでくる。

僕は「ぎゃっ」と声を上げ、炭酸飲料を噴き出した。

ペニーは、おもちゃのカエルをグゥワァ、グゥワァと鳴らしながらキャキャッと笑った。

腕時計を見ると、もう約束の時間だった。

ペニーは何事もなかったかのように隣に腰を下ろすと、いつもの話し方で「昨日の話の続きが聞きたい」と言った。

「続き?」

「そう。母親が出て行き、不倫相手にも邪険にされ、父親から真実を告げられた。それから?」

「僕の話なんてちっとも面白くないのに、どうして?」

「命の試験」

「試験?」

「必要な命なのかどうか確かめたい」

「僕の命なんてなんの価値もないです」

「それを決めるのは私。君のことが知りたい」

ペニーが何をしたいのか、全く理解できない。でも、自分がこの先どうすべきなのかもわからない。判然としない自分の未来について相談できる相手は、ペニー以外にいなかった。

「両親に裏切られて……気づいたら……」

ふたりしかいない静かな芝生の公園で、僕は過去の出来事をひとつひとつ思い出しながら、自分の惨めな現状を話した。


あの日、家を飛び出したあと、気づけば近くにある、たい焼き屋に来ていた。そこは古い駄菓子屋のような小さな店だ。

店の前にはベンチがあり、小学生の頃は、よくここで母と一緒にたい焼きを食べた。ふたりともカスタード味が好きだった。

もう日は沈み、店のシャッターは閉まっていた。ベンチに座り、ぼんやりと幸せだった頃のことを思い出していた。

幼い頃は少しでも遅くなれば、母が迎えに来てくれた。迎えに来てくれる人がいて、帰るべき家があるのはあたり前で、それがずっと続くと思っていた。

そのとき「祥平」と、僕の名を呼ぶ声が響いた。

息を切らして走ってきたのは、本宮春一《もとみやはるいち》だった。懐かしい声を聞いた瞬間、泣き出しそうになるのを必死に我慢した。

中学が別々になってから、僕は勉強が忙しくなり、春一からの誘いを何度も断った。それなのに、呼び出したらすぐに来てくれる、変わらない優しさに胸がいっぱいになった。

春一は、「急にどうしたんだ?」と心配そうな表情でベンチに腰を下ろした。

何から話せばいいのかわからない気持ちを察したのか、春一は明るい口調で「呼び出されて嬉しかったよ。もう俺とはレベルが違うから、遊ぶのは嫌なんだろうなって思っていたから」と微笑んだ。

堪えきれず、涙が地面に零れた。こんな僕のために、呼んだらすぐに傍に来てくれる友に感謝した。

僕が「ありがとう」と言うと、春一は「ありがとうは、こっちのセリフだよ。妹なんてお前のこと、未だにヒーローだと思っているからね。というかあれは恋かもな」、そう言って笑った。


小学四年になるときのクラス替えで、僕は春一と同じクラスになった。

理由は聞かなかったが、春一と妹の真希《まき》は、祖母の雅代《まさよ》ばあちゃんに育てられていた。

真希は、僕よりひとつ下の小学三年だった。

雅代ばあちゃんは、小学校の裏にあるトタン屋根の平屋に住んでいて、子どもたちからは「山姥」と呼ばれていた。

雅代ばあちゃんはヘルメットを被らずに自転車に乗っている子どもや信号無視をする者を見つけると、長い白髪を振り乱して「お前は死にたいのか！」と、よく怒鳴りつけてきた。そのせいで、車がほとんど通らない横断歩道でも、青信号になるまで何分も待たなければならなかった。

春一は、そんな雅代ばあちゃんのせいでクラスメートたちから避けられていた。だから僕もほとんど話したことがなかった。

その頃、僕は市が運営しているサッカークラブに所属していて、週末もサッカーの練習をするために、小学校のグラウンドに通っていた。

練習が終わり、チームメートと別れてから、母からもらったお小遣いで、棒アイスとスナック菓子を買った。

学校帰りの買い食いは禁止されていたけれど、休みの日だからいいだろうと思い、アイスを食べながら帰った。

そのとき、どこからか不気味な唸り声が響いてきた。

唸り声は、ボロボロのブロック塀に囲まれた家の方から聞こえてくる。そこは春一の家だった。

あわてて庭を覗くと、血の気が引き、足がすくんだ。恐怖から鼓動が激しくなる。

玄関付近に、一匹の獰猛《どうもう》そうな大きな黒い犬がいたのだ。犬の正面には、春一と今にも泣き出しそうな真希がいる。ふたりとも青ざめた顔をして、膝をがくがく震わせていた。

それは、二軒先にある子ども嫌いの男に飼われている犬だった。よく通学途中の子どもたちの声がうるさいと怒鳴り、学校にも苦情を言う男だ。ゴミ出しの件で、雅代ばあちゃんと喧嘩しているのを何回か見たことがある。もしかしたら、何か腹が立つことがあり、わざと放したのかもしれない。

犬は歯を剝き出し、今にも飛びかかろうとしている。兄妹のすぐうしろは塀で、もう逃げ道がない。

僕が咄嗟にアイスを投げつけると、犬の腹に命中した。

犬は全身をびくっと震わせたあと、アイスの匂いをクンクン嗅いでから舐め始めた。その隙にスナック菓子の袋を開け、犬に向かってぶちまけた。

「走れ！」

僕が叫ぶと、春一は真希の手を取って走り出した。

少しでもスピードを落とせば、犬に追いつかれる気がして全力で走り続けた。たい焼き屋の脇にある長い石段をのぼり、神社の境内《けいだい》に駆け込んだ。

周囲は木に囲まれているせいか、少し気持ちが落ち着いた。

三人で怯えながら階段の下を覗いてみたが、犬が追って来る気配はなかった。

ほっとした僕らは、手水舎《ちょうずや》の龍の口の前に手を出して、交互に水を飲んだ。

「もう犬は来ない？」

不安そうな真希に、春一は「ここには神様がいるから大丈夫だ」と答えた。

「祥平君、妹を助けてくれてありがとう」

春一はそう言って、頭を下げた。

こんなにもまっすぐ人から感謝されたことがなかった。照れくさくて曖昧《あいまい》に「うん」と答えてから、前から知りたかったことを尋ねた。

「おばあちゃん以外に、家に大人はいないの？」

真希が急に兄の手をぎゅっと握りしめると、春一の二重の大きな瞳にうっすら涙が溜まった。その姿を見たとき、安易に訊いてはいけない質問だったと気づいて後悔した。

けれど、春一は努めて平然と答えた。

「両親は、ふたりとも交通事故で死んじゃったんだ」

どうして雅代ばあちゃんが交通ルールに厳しかったのか初めて理解した。それと同時に、胸がひどく痛んだ。この世界から、急に両親がいなくなってしまうなんて、当時の僕には想像もできなかった。

真希は蟻の行列に夢中になっていたので、僕らは近くにある脚の部分が苔むした古いベンチに座った。

最初は緊張していたけれど、春一と色々な話をしてみると、好きなサッカーチームや選手が同じだと気づき、話題はいつまでも尽きなかった。

帰る頃には、お互いの名前は呼び捨てに変わっていた。僕は春一をサッカークラブに誘い、神社の前で別れた。

歩き出したとき、春一は大きな声で呼び止めた。

「祥平！　必ず助けるから」

僕は意味がわからず、慌てて振り返った。

「祥平が危ない目にあったら、今度は俺が絶対に助けるから！」

気恥ずかしくなるような台詞を言うから、思わず噴き出してしまったけれど、嬉しかった。春一ともっと仲良くなりたいと思った。

それから僕らは、いつも行動を共にした。一緒にいるうちに気づいたのだが、春一は芯が強く、大多数の意見に流されるようなことはなかった。まだ小学生なのに、常に自分の考えを持っていた。優柔不断な僕は、そんな強さに惹かれた。

お互い悩みがあるときは、なんでも相談して、ふたりで乗り越えた。たとえ大勢の生徒に嫌われたとしても、春一がいてくれれば怖いものなんてないと思えた。

犬の一件から、春一の家によく遊びに行くようになり、雅代ばあちゃんのことも好きになった。

雅代ばあちゃんは、犬から助けたことを、ジャガイモの天ぷらを揚げながら褒めてくれた。

「あんたは将来、いい男になる。真希も結婚するなら祥平みたいな人にしろ」と言って豪快に笑った。前歯は一本抜けているけど、その顔は愛嬌《あいきょう》があり、自然と僕を笑顔にさせた。

真希は終始恥ずかしそうに顔を伏せていた。

ジャガイモの天ぷらは、スナック菓子の何百倍もおいしかった。

懐かしいあの頃のことを思い浮かべていると、春一は顔をほころばせて、「まだしぶとく生きているからさ、ばあちゃんの天ぷら食べに来いよ」と誘ってくれた。

そのとき、僕は春一と同じ高校を受験することに決めた。父親と同じ高校に進級するのが嫌だったし、父へのあてつけもあった。何より、また春一と一緒にサッカーがしたい。

中学生になってから辞めてしまったが、犬の事件のあと春一もサッカークラブに入り、一緒に遅くまで練習した。

帰宅してからすぐに、ソファで雑誌を読んでいた父に県立高校を受験すると宣言した。誰からも必要とされない人間なら、将来の行くべき道をひとりで決めても問題ないはずだ。

父は顔をしかめて「あまりいい噂は聞かない学校だ。大学進学率も低いし、目指すような学校じゃない」、そう棘《とげ》のある口調で言ってきた。

「進路は自分で決めるから余計なこと言わないで」

「今の成績なら内部進学できるのに、なぜ他の高校を受験しないといけないんだ」

「お父さんと同じ高校に行きたくないんだ」

僕はそう言い捨てると、リビングのドアを乱暴に閉めてから自分の部屋に向かった。笑いが込み上げてくる。清々した気分になった。

子育てにあまり興味がなく、教育にも熱心ではなかった父に、今さら父親面されたくない。

結局、自分の意志を貫いて春一と同じ高校に進んだ。

春一とはクラスは別だったが、一緒にサッカー部に入り、放課後は毎日グラウンドで顔を合わせた。

サッカー部には同じクラスの剛と冬人もいて、ふたりとも仲良くなった。家に居場所はないけれど、学校へ行けばそれなりに楽しくて、部活の仲間とファストフード店で夕食を食べて帰ることが増えた。親を信頼できない分、友だちの存在は大きくなり、彼らは精神的な支えになっていた。

でも、そう思っていたのは僕だけだった。

高校に入学してから二ヵ月が過ぎた頃、部活帰りに春一、冬人、剛と一緒にハンバーガーを食べに行った。店を出たところで竜二に会った。

「超グッドタイミング」

見るからにガラの悪そうな連中といた竜二は、馴れ馴れしく冬人と剛の肩に手をまわして「ちょっと金がなくて困ってるんだけど、また貸してくれない？」と言ってきた。

驚いたことに、冬人と剛はすぐに財布を取り出して、全額渡した。

竜二はほとんど学校に来ていなかったが、時折生徒を驚かすような行為をするためだけに登校した。

サッカー部の先輩の噂では、気に入らない教師を殴り、車のタイヤをパンクさせたこともあると聞いたが、警察に通報はされなかったらしい。学校の悪い噂が流れるのを恐れた校長が止めているのだという。

少子化が進む中、学校を運営するのも大変なのはわかるが、あんな奴を野放しにするのはおかしい、と春一はよく憤っていた。

竜二たちが立ち去ったあと、春一は怒気を孕《はら》んだ声で言った。

「これってカツアゲじゃん。まさか何度もやられているんじゃないよな」

「いや、たまたまだよ」

冬人は気まずそうに目を伏せた。

「ああ見えていいとこもあるんだって。俺と冬人が家出したとき、竜二さんの知り合いがやってるカラオケボックスに泊めてもらったこともあるし」

そう剛が言うと、「あの歳でビジネスも成功させてるしな」と冬人がカツアゲの言い訳にはならない話をした。

「なんだよビジネスって」春一は即座に訊いた。

「女の子を斡旋《あっせん》して、月に五十万くらい稼いでいるみたい。五十万だよ、凄くない？」

「それって売春じゃないのかよ！　そもそもそれだけ稼いでいて、なんでお前らに金せびるんだよ。これ以上やばい奴に関わらない方がいいよ」

幼い頃から両親がいなかった春一は、妹の面倒を見なければいけなかったせいか、僕らに対しても年上のように面倒見がよかった。

「そんなマジになるなって、大丈夫だよ」

冬人は茶化すように言った。

春一は納得がいかないようすだったが、僕はせっかくできた大事な居場所を失いたくなくて、「春一は心配性だからな」と背中を叩いた。

僕はいつだってそうだった。目の前にある問題から目を背け、できるだけ穏便に過ごせるようにしようとする。でもそれは、幸せな方向へはいかない。結局、誰のためにもならないのだ。もちろん僕にとっても……。

次の日から冬人と剛は部活に来なくなった。

教室で顔を合わせても、どこか態度がよそよそしくなり、最後は明らかに僕を避けるようになった。理由を尋ねても「別に避けてない」と言うだけだ。

しばらくしてから、春一も部活を休むようになり、学校にも来なくなった。

心配になり、何度もメールや電話をしてみたが返事はなく、家も訪ねたが、チャイムを鳴らしても誰も出てこない。

不安を抱えたまま庭を出ようとしたとき、メールの着信音が響いた。

——神社に来て。

春一からだった。

すぐに神社に向かったが、春一の姿はなかった。

もう日が沈みかけているので、林に囲まれた境内は暗くて、薄気味悪く感じた。

僕はベンチに腰を下ろし、カラスの鳴き声を聞きながら、手水舎の龍の口から流れ出る水をぼんやり眺めた。三人で交互に水を飲んだ日を思い出していた。

しばらくしてから春一は現れた。顔色は悪く、眠っていないのか目は真っ赤で、疲れきった表情をしている。

春一は無言で隣に座った。

「何かあったのか？　なんで学校を休んでいるんだよ」

そう訊くと、春一はポケットからスマホを取り出して、ある画像を見せた。制服が乱れ、顔が腫れた中学生くらいの少女が写っている。

「カラオケボックスで暴行されたんだ」

背筋が凍りつき、嫌悪感が湧き上がってくる。スマホを奪うように手に取って少女の顔を凝視した。

「これ……真希ちゃん」

「傍についていてやりたいから、しばらく学校には行けない」

「誰にやられたんだよ⁉　警察には連絡したのか？」

冷静でいられず、矢継ぎ早に質問した。

「覆面してたから犯人はわからないし、真希も訴える気はないから大騒ぎしないでくれ」

「なんで警察に連絡しないんだよ」

「こんなこと他人に知られたら辛いからだよ」

そう言う春一の声は冷たかった。「俺ら家族の問題だから、他人は余計なこと言わないで」

父や母よりも春一を信頼し、家族よりも大切な存在に感じることがあった。でもそれは思いあがりだったのか。

「家族じゃないけど心配くらいしたっていいだろ」

「本当に心配?」

「あたり前だろ」

「じゃあさ、証明してよ」

「証明?」

一瞬、春一の顔が強張った。

「とにかく、しばらく学校には行けない。今は色々大変だから……あまり連絡してこないで」

そう言い残すと、春一は足早に去っていった。

少し痩せた親友の背中は、まるで別人のように思えた。

きっと、何もできない人間に心配されるのが迷惑なのだろう。僕が心配したところで、真希の傷を癒すことも春一の心の支えになることもできない。彼らにとって、僕はそんなちっぽけな存在なのだ。

翌日、冬人と剛から教室で久しぶりに話しかけられ、「放課後に河川敷に来てほしい」と言われた。

部活を休んで河川敷に行くと、そこには冬人と剛だけでなく、竜二の姿があった。

「俺のこと『やばい奴に関わらない方がいい』って言ってるらしいな」

その竜二の言葉を聞いた瞬間、「あんな奴を野放しにするのはおかしい」と憤っていた春一の顔が思い浮かんだ。

「なんの話ですか」

言い終わらないうちに、竜二からまわし蹴りされ、砂利の上に倒れ込んだ。蹴られた右腕に鈍痛を感じた。

「お前だって聞いたんだよ」

僕は顔を上げ、怯えた表情をしている冬人と剛の顔を睨んだ。

「誰が言ったんですか？　僕は言ってない」

「本宮春一だよ。お前に俺の悪口を言えって脅されたんだってさ」

竜二は皮肉っぽくそう言った。

瞬時に疑問だらけだったことが一本の線に繋がっていく。外界の音は消え去り、春一の「本当に心配？　じゃあさ、証明してよ」という声が甦る。

きっと真希を襲った犯人は、竜二だ。それを春一も知っている。だけど知らない振りをした。

「お前、高そうな高層マンションに住んでるんだな」

薄笑いを浮かべた竜二の顔を見た瞬間、あとをつけられたのだと思った。

「反省料として月五万な」

振り返れば、冬人と剛は、まだ一年なのにサッカー部のレギュラーメンバーに選ばれた春一に嫉妬していた。いつも上から目線なのが鼻につくと、愚痴ることもあった。

僕は、冬人たちの嫌悪感に薄々気づいていながら、あまり深く考えようとはしなかった。長く春一といれば、必ず彼のよさに気づくだろうと考えていたのだ。

きっと、ふたりのどちらかが竜二に、春一が悪口を言っていたと告げ口したのだろう。もしかしたらカツアゲの対象を自分たちではなく、春一に仕向けたかったのかもしれない。

追いつめられた春一は、僕を犯人に仕立て上げた。初めは抵抗して屈しなかったかもしれない。けれど、妹に手を出されて心が折れたのだろう。

竜二にとって、誰が言ったかは大事ではないのだ。都合のいい金蔓《かねづる》が見つかればいいのだから。僕の家まで調べて、金が払えそうだと踏んだのだろう。

「警察に助けを求めたりするなよ。俺が捕まって少年院に入ったとしても、出院したら必ずお前や家族を殺しに行くからな。それに学校をあてにしても無駄だから」

竜二は、スマホの動画を再生した。

深い絶望が胸に広がっていく。校長と制服姿の女子高生がホテルに入る姿と、ベッドで抱き合っている映像が流れていた。

学校の悪い噂が立つのを恐れたのではない。校長は保身のために、こいつを野放しにしているのだ。

——本当に心配？　じゃあさ、証明してよ。

その春一の言葉がずっと頭の中で繰り返される。

本当に心配ならば、身代わりになれるだろ、そう言われている気がした。もうこの世界に僕の居場所なんてどこにもない。

春一が神社で言った「祥平が危ない目にあったら、今度は俺が絶対に助けるから！」という言葉は嘘だったのだ。あんな薄っぺらい誓いなんて、信じなければよかった。

みんな自分が大切なんだ。僕よりも大切で守るべきものがあり、そのためならば踏みにじってもいい存在がある。

生きる希望もなく自ら死を望むなら、最後くらい誰かの役に立ちたい。あいつを殺して、本当に春一を心配していることを証明してやる。

僕の長い話を、ペニーはまっすぐ前を見つめたまま身じろぎもせず聞いていた。マスクの裏には、どんな表情が隠されているのか知りたかった。

「一度は竜二を殺してやろうと心に決めたけど、現実的に考えると難しくて……」

ペニーはゆっくり立ち上がり、大きく伸びをした。

暗くなった辺りを、数少ない街灯が照らしている。雲ひとつない空には、星が輝いていた。

「怪物を殺したい？」

ペニーは弾むような声でそう訊いた。

この世界には、子どもの頃に持っていた正義感では太刀打ちできない怪物がいる。どれほど年齢を重ねても、一番大切なのはそんな奴らに目をつけられないように過ごすことかもしれない。一度ミスれば、平穏な生活に戻れなくなるからだ。それだけでなく、未来も潰されかねない。

「真希ちゃんが……自殺未遂したんだ。あいつがこの世から消えないなら、別の善良な人間が死んでいくしかない。誰かが死ななければ解決できないことがあるってわかった」

「本気で殺したい?」

ペニーの問いかけに、僕の中で決意が固まった。

「やれるものなら殺したい」

あいつだけじゃない。僕と同じように苦しむ人がいるなら、彼らを苦しめている悪を一斉に駆除したい。少しは社会の役に立ってから死にたいと本気で思った。

「殺害計画ができたら手伝ってあげる。私たちは仲間」

ペニーはそう言うと、右手を前に差し出した。

僕が縋《すが》るように摑むと、強く握り返した。

ペニーはバイバイと手を振ってから、デイパックを肩にかけ、いつもの踊るようなステップで展望台公園の外へ向かって走り出した。まるで観客に見せるようにクロスターンをはさみながら走って行く。

月と星に照らされたペニーの姿は、現実を忘れさせてくれるほど洗練された綺麗な動きだった。ひとつひとつの動きに魅了され、目が離せない。初めてこの世界に美しいものがあると感じた。

芝生の上を踊るように走るペニーは、花壇付近で幻のように姿を消した。またどこから現れる気がしてしばらく待っていたが、微かな期待は叶わなかった。

僕は「命の試験」に、合格したのだろうか――。

願いを込めて、もう一度花壇の方に目を向けた。

本当にまた会える？　あなたは裏切らない？　誰からも必要とされない僕の仲間になってくれる？

第二章　崩壊

殺気だった満員電車での通勤も、上司からの叱責も苦痛ではない。

あの惨劇に比べれば、巷《ちまた》で起きる嫌な出来事のほとんどが軽く思える。心が壊れてしまえば、喜楽の感情も少なくなるが、不快だと感じるものも減るのだろう。

――お父さん……ごめん……本当にごめんなさい……。

携帯から、まだ幼さの残る震えた声が聞こえたあと、泣き声と荒い呼吸音が続き、留守番電話に残されたメッセージは終わる。

もう何百回も耳にしているのに、何度聞いても慣れることはない。初めて聞いたときと同じように鼓動は激しくなる。全神経を耳に集中するせいか、思わず息を止めてしまう。

「このメッセージを消去する場合は――」という女性の声が響くのと同時に、俺は何かから逃れるように『通話終了』のボタンを押した。

今日から九月に入ったというのに、真夏日と変わらないほど強い日差しが照りつけている。

額の汗をハンカチで拭ってから、ネクタイを少し緩め、十階建てのビルまで続く道を歩き出した。

もしも時間を巻き戻せるのなら、会議を抜け出して息子のもとへ駆けつけるだろう。仕事と息子の命を天秤にかけるまでもない。大事なものは一目瞭然だ。

だからもう一度、あの日に戻してほしい。どうしてもやり直したい。「神様……」と呟いてから、拳を強く握りしめた。

何が神様だ。そんなものはどこにいる？　もしも本当にいるなら、息子は死ななかったはずだ。どうしてあんな優しい子が命を絶たなければならない。悪を生かし、善を殺すというのか。

茂明《しげあき》を返せ！

ふと、オフィスビルの広々としたエントランスで足を止めた。

行き交うスーツ姿の人間たちが、こちらを見ている気がしたのだ。さきほど叫んだのは心の中なのか、声に出してしまったのかわからない。けれども、皆がこちらを注目しているのは、実際に叫んでしまったからだろう。

最近、独り言が増え、気づけば周囲から注目を浴びてしまうことが多くなった。気をつけようと思っているが、感情が昂り、気持ちをうまくコントロールできないときがある。

何度も病院へ行こうと思ったが、何か病名をつけられたら余計に精神をやられてしまいそうでためらっていた。妻がそうだったからだ。

妻の秋絵《あきえ》は、心療内科に通い始めてからしばらくは安定していたが、半年後に自ら命を絶った。

それは医者が悪かったわけではない。もちろん妻が悪かったわけでもない——。

耳の奥から胸の鼓動が聞こえてくる。速まる心音は、「ならば誰が悪い？」と問う低い呻き声に変わる。

俺が悪かったのだ——。

エントランスにいる人々の視線を避けるように、ちょうど扉が開いたエレベーターに素早く乗り込み、青白く光る階数表示を見つめた。三階で降り、廊下の突きあたりの部屋まで歩を進める。

このビルは『コントロールライフ』の本社だった。

コントロールライフは、無農薬の食材を使用し、無添加の調味料で調理するのを売りにしたレストランを運営している。他の飲食店よりも値は張るが、食の安全と健康を第一に考えた姿勢はシニア層や健康志向の人々に支持され、レストランは全国展開のみならず、海外にも進出した。けれども、最近は類似店が躍進したことや、他店よりも価格設定が高い分、売り上げは景気に左右されやすく、数店舗が閉鎖に追い込まれている。

以前は八階の経理部にいたが、今はこの突きあたりの部屋が俺の職場になった。

ハンガードアを開けると、埃《ほこり》っぽい部屋が広がる。

室内は背の高いパーテーションで仕切られているため、入り口からは奥にある倉庫は見えない。

壁は分厚いコンクリートが剝き出しになっていて、それに沿うようにスチール棚で埋め尽くされている。まるで文具店のように、棚にはコピー用紙、各種ノート、ボールペン、定規、ステープラーなどが多量に置いてある。それらはどこにあるか全て把握していた。迷わずにすぐ取り出せる。自慢できる話ではないのはわかっているが、これは社員でいさせてもらえる最低限の役割だと自覚している。

会社の業績が悪くなり、社長からの節約命令でこの部署、『備品管理室』は創設された。それ以来、社員は部署名と名前、社員番号を記入しなければ、鉛筆一本でさえ勝手に持ち出せなくなった。

一年半前から、この備品管理室の室長を任された。この部署には、社員は俺しかいない。もちろん栄転ではない。社長の優しさから、強いて言えば同僚たちの思いやりで仕事を与えられているようなものだ。

感謝はしている。同僚たちの気遣いにも頭が下がる思いだ。それでもどこかで、自分は不必要な人間だと認識している。人の同情を餌に生きながらえる惨めなお荷物社員だ。

部屋には机と椅子があり、パソコンが一台置かれている。主な仕事は備品の管理で、毎月の在庫状況などをチェックし、足りなくなった商品を発注する。各店舗から依頼があった備品の発注業務も担当している。月末は、どこの店舗、部署がどれだけ使っているかを集計し、総務部に報告していた。

パーテーションで仕切られた奥には、大量の段ボールが堆く積み上げられている。最近、同じB5サイズのノートを何度も発注してしまった。頻繁に出る物ならよかったが、ほとんど必要とされない物なので気が重くなる。経理部にいた頃、妻子を亡くす前は、財務諸表の作成や請求書の処理にもいっさいミスはなかった。それなのに、最近は簡単な仕事さえまともにできない。

B5のノートが入った段ボールをぼんやり眺めていると、ドアの開く音が聞こえ、誰かが入って来た。

「この部屋はいつ来ても寒いし、幽霊が出そうな雰囲気じゃない？　ひとりで来るのが不安だったらいつでも声をかけてね」

店舗開発部の丸山邦明《まるやまくにあき》だ。

もうすぐ三十路になる社員だが、よくこの部屋にサボりに来る常連だった。一緒にいるのは、きっとお気に入りの女性新入社員だろう。以前、好みの子の教育係になったと学生のようにはしゃいでいた。

「風見《かざみ》室長」

丸山はパーテーションから顔を出して、こちらを覗いた。

俺は咄嗟に身を屈めて、段ボールの山に隠れた。

「なんだよ、タイミング悪いなぁ。いないじゃん」

そう嘆く丸山の声は、どこか嬉しそうだった。

ふたりだけになれる空間を作ってやりたかったわけではない。先ほどから動悸《どうき》と目眩《めまい》がしていた。ずっと続いている不眠が原因なのか、こんな風に時折、身体に変調をきたすようになった。

今朝、週刊誌で嫌な特集を見てしまったからかもしれない。通勤途中の電車の中で、網棚に誰かが置いていった「ウォッシュ」という週刊誌だ。

そこには、『十一月六日の呪い』という特集記事があり、Sという少年と彼に関わった人間たちが、三年連続で十一月六日に自殺したという内容が載っていた。

「ここのボスが風見室長っていうんだけど、ちょっと変わった人なんだ。まだ四十五歳なのに髪は真っ白。人見知りが激しいから冷たくあしらわれても気にしない方がいいよ。でも、性根は優しい人だから」

新入社員はメモを取っているらしく、「これはメモしなくても大丈夫だって」と丸山に笑われている。

「素敵なご家族ですね」

直接言われていないのに、一気に緊張が高まった。

家族の話をされるのは、いつまで経っても慣れない。それならば、机の上の家族写真を片付ければいいのだが、妻と息子が見ていなければ、仕事を放棄してどこまでも堕落してしまう予感があった。

「あぁ、それ禁句ね。風見室長の息子さん、数年前に自殺しているから、あんまり家族の話はしない方がいいと思う。まだ中学生だったんだよ」

「中学生で……自殺ですか？」

「風見室長と会話するとき、気を遣うんだよね。悪い人じゃないんだけど、背負っているものが重くてさ」

気軽に話しかけてくる丸山にさえ、気を遣わせているとは思わなかった。この部屋を頻繁に訪れるのは居心地が好《よ》いからだと勝手な解釈をしていた。多くの社員が普通に接してくれるが、裏には彼と同じような気持ちが隠れているのだろう。それを考えると益々、人と接するのが億劫になる。

「どうして自殺なんてしてしまったんですか」

「学校でいじめられていたみたいだよ」

その話は誰にもしていなかったが、どこからか噂を聞きつけた者がいるらしい。丸山以外の人間も知っている。ネットが普及した時代に生きるなら、しかたないことかもしれないが、あまり気分のいいものではなかった。

「息子さん、かわいそう」

「本当にかわいそうなのは室長かもよ。だって、その一年後に……」

丸山はパーテーションから顔を出した俺と目が合うと、飛び上がるほど驚いた。

隣にいる女性社員も怯えた表情をしている。いまどき珍しく、肩で切りそろえた黒髪だった。薄化粧のせいか、まだ十代に見える。

「俺は幽霊じゃない。そんなに驚くなよ」

「人が悪いですよ。いるなら声をかけたときに早く出てきてくださいよ」

「何がほしい」

そう尋ねると、女性社員はどこか気まずそうな顔つきで挨拶《あいさつ》した。

「あの、先日、研修を終えて本社の店舗開発部に配属されました越谷真由美《こしがやまゆみ》と申します。

蛍光ペンと社名入りの紙袋を十枚いただけますか」

「紙袋の色は?」

動揺している真由美を助けるように、丸山が言った。

「うちの袋、白と緑の二色あるんだ。特別理由があるわけじゃなくて、好きな方を使えばいいから」

「それなら……在庫が多い方をお願いします」

俺は棚に置いてある小さな段ボールから五色入りの蛍光ペンセットを取り出したあと、白い紙袋の枚数を数えながら言った。

「机の上にあるノートに記入して」

丸山は真由美の隣に立って、どこに何を記入するのか丁寧《ていねい》に教えている。

「顔色が悪いけど大丈夫か?」

俺は紙袋と蛍光ペンを渡すとき、思わずそう訊かずにはいられなかった。

真由美の目は赤く充血しているが、頬は全く血の気がなく、今にも倒れそうだったのだ。

「昨日、新入社員の歓迎会があったんですが、遅くまでたくさんお酒を飲んでしまって、少し気分が悪かったんです」

真由美の話を聞いて、丸山はぶっきらぼうな口調で言った。

「え？　俺、呼ばれてないけど？」

「海外事業部の歓迎会で……」

「違う部署の飲み会なんて出なくていいのに。どうせ課長に『酒が飲めない奴はいい仕事なんかできない』とか言われて無理やり飲まされたんでしょ？　あいつ、いつの時代からやって来たんだ、って感じだよね。疲れたときは、この部屋で休憩すればいいから」

丸山の突拍子もない助言に、真由美は苦笑して「いえ、もう大丈夫なので」と答えた。

「会社なんて命をかけるような場所じゃない。無理は禁物だ」

ドアを開けて部屋を出て行こうとしたふたりに、思わず胸の内を吐露していた。

足を止めて振り返った丸山たちは、気まずそうな、どこか寂しそうな顔つきで軽く頭を下げてから部屋をあとにした。

本当は息子に言ってやりたかった言葉だ。学校なんて命をかけるような場所じゃない。嫌ならいつでも辞めればいい。その思いに、あのふたりは気づいたのだろう。

歯を磨け、勉強はしたか、早く風呂に入れ、ゲームばかりやるな、そんな言葉ではなく、「学校なんて命をかける場所じゃない」と毎日言い続けてやればよかった。

そうすれば、茂明は首をカッターで切り裂いて自殺なんてしなかったかもしれない。

あの日、秋絵が一一九番通報すると警察にも連絡が入り、近くの交番から警察官が駆けつけた。警察官は、血まみれの茂明を目にし、ハンカチで止血するのがやっとだったという。その後到着した救急隊が家のチャイムを鳴らしてドアを開けたとき、秋絵は彼らを二階の部屋に誘導するために玄関に向かった。

救急隊により懸命な救命処置が行われ、秋絵は、息を吹き返した茂明と一緒に救急車に乗り込んだという。けれども、病院に搬送後まもなく、医師に死亡を言い渡された。

病院から帰宅後、鑑識が現場検証を行い、俺と秋絵は事情聴取され、「盗まれた物はないか」「発見時の遺体の向きはどうだったのか」「使われたカッターは誰の物か」などを細かく尋ねられた。

秋絵は泣き続け、それらのどの質問にも答えられなかった。気持ちは痛いほどわかった。傷を処置された息子の亡骸と病院で対面した俺とは違い、秋絵は血まみれの茂明を見つけ、凄惨な場面を目に焼きつけてしまったのだ。

殺人現場のような壮絶な状況だったのは、容易に予想がつく。茂明の部屋に敷いてあるオフホワイトの絨毯は、血の海だった。勉強机や壁も、そこら中が紅く染まっていた。

警察が帰ったあと、茂明の部屋に入ると、鉄が錆《さ》びたような生々しい臭いが鼻につき、強い恐怖心と悲しみが一気に込み上げてきた。

靴下が、まだ乾いていない血を吸い上げる感触があった。全身に鳥肌が立ち、呼吸が乱れ、耐えられなくなり慌てて部屋を出た。

発見時、おびただしい量の血の中、茂明は制服姿で倒れていたという。

息子を失ったという悲しみだけでなく、あの現場を見たために秋絵は、精神に異常をきたしてしまった気がする。

解剖の結果、茂明は自殺と認定された。また、左肩に一箇所、脚に五箇所、五百円硬貨大くらいの打撲傷が計六箇所認められた。打撲傷はぶつかったときなどにできるもので、三、四日前についたものらしい。指には針を刺したような痕も発見されたという。

自殺と認定されてから、倒れている茂明の傍に置いてあったというノートが返却された。そこには、血文字で「こいつらを呪う」と書き残されていた。

担当刑事からは「この文を書くために自ら指を傷つけた可能性が高い。ノートには名前らしきものが書き込まれていたようだが、飛び散った血が滲んで判読できなかった。その後、学校側に自殺の原因に心あたりはないか確認してみたが、いじめのような問題はなかったという報告を受けた」と、神妙な声で言われた。

ノートを見てみると、辛うじて読めたのは「中」と「二」という文字だけだった。

全ての惨劇は、二年十ヵ月前の十一月六日から始まった——。

秋絵に初めて会ったのは、二十代の頃。バイト先のピザ屋だった。

秋絵は調理などを行うインストアスタッフとして、俺は配達スタッフとして採用された。採用された時期が近かったため、わからないことを尋ね合ううち、俺たちは自然と親しくなっていった。

その年の最大の台風が近づいていた日、突如、配達スタッフがふたり欠勤した。シフトが午後からだった俺は、雨の中、ずっとバイクで走り続けた。屋根のついた配達用のバイクだったが、横風が激しく、屋根は意味をなさなかった。

そういう日に限って、客の注文はあとを絶たない。目の前の仕事をこなすので精一杯だった。店に戻るたび、新しい注文が増えているのは悪夢のようで、小さなため息ばかりついていた。

店長から配達中止の指示が出るのを心のどこかで待ち望んでいたが、営利主義の人間に期待はできない。普段と時給は変わらないのに――そう考えるとやる気が失せた。

そんなとき、店の裏口から雨に濡れた秋絵が入ってきた。

男のインストアスタッフがひとり、配達にまわってくれたが、それでも人手が足りなかった。そんな俺たちを不憫《ふびん》に思ったのか、秋絵は台風で店舗を訪れる客が少なかったため、近くのマンションの配達に行ってくれたのだ。

そのあと秋絵は、スタッフが強風で事故にあったら店の評判は悪くなりますね、と何気なさを装いながら店長に進言してくれた。

店の評判という言葉に警戒したのか、店長はすぐに配達注文の中止の指示を出した。

他のバイト仲間に訊くと、秋絵は三軒ほど配達に行ってくれたようだ。

金持ちのお嬢さんが行くような大学に通っていたため、どこか鼻持ちならないところがあるのではないかと勘ぐっていたが、それは思い違いだった。

秋絵の面倒なことも厭わない性格に魅了されていった。よく観察していると、彼女の優しさは俺に対してだけではなく、他の人にも平等に向けられていた。

好きな本を貸し合い、映画を観に行き、少しずつ距離が近くなると、俺たちは恋人同士になった。

大学を卒業後、秋絵は大手銀行に就職したが、俺は小さな劇団に所属しながらフリーターを続けた。あの頃は将来について深く考えたことはなく、人の笑顔が見られる、人を喜ばせる仕事がしたいと漠然と思っていた。

そんな生活を続けていた頃、秋絵に子どもができた。

初めは半人前の自分が人を育てるという重圧から逃れたくて戸惑ったが、秋絵の「心配しなくてもいいよ。ひとりでも大切に育てるから」という言葉で腹を括った。俺とは違い、彼女は既に母親としての強さを持っていたのだ。

秋絵と一緒なら、この先何があっても大丈夫だと思えた。

就職をしていないことや入籍前の妊娠だったせいで、秋絵の家族からは大反対されたが、「結婚させてください」と何度も頭を下げた。最後まで認めてもらえなかったが、結婚生活は毎日が幸せだった。

俺は幼い頃に病気で母を亡くし、十七歳の頃に厳しかった父も事故で失ったため、久しぶりにできた家族という温もりが嬉しかった。今まで抱えていた孤独感は消え去り、誰かと共に生きる喜びと心強さを知った。

茂明が生まれたとき、初めて生きている意味を見出し、この子を幸せにしたいと心の底から思った。いつ死んでもかまわないと自暴自棄になっていた時期もあったが、少しでも長く生きて、息子の成長を見守りたいと願うようになった。

以来、俺は心を入れかえて就職活動に精を出したが、社会経験も少なく、採用してくれる企業はなかった。そんなとき秋絵は「あなたらしく、ゆっくり頑張ればいい」と、いつも笑顔で励ましてくれた。

十六社目で、やっと今の会社に入社できた。

入社後に聞いた話では、経理部長の川越祐一《かわごえゆういち》が、俺が高校のときに取得した簿記や会計実務検定などの資格に加え、面接での受け応えを高く評価してくれたらしい。きっと妻を失ったあと、俺のミスをフォローし、新たな部署に異動できるように社長に直訴してくれたのも川越部長だろう。いつだったか酒の席で、「俺が採用した社員は自分の子どものように可愛い」と言ってくれて、目がしらが熱くなったのを覚えている。

上司や妻など、これまで心ある人々に出逢え、恵まれた人生を送って来られたと思う。けれども俺は……秋絵と結婚してはならない男だったのかもしれない。もしも結婚相手が俺でなければ、秋絵はもっと幸せな人生を送れていたはずだ。

両親から勘当され、誰も身内がいなくなった秋絵を幸せにすると約束したのに、最愛の息子までも亡くしてしまったのだから——。

学校側は、訊き込みをした刑事に、いじめのような問題はなかったと答えたそうだが、俺たちはどうしても納得できなかった。

茂明は塾にも通っておらず、交友関係は限られていて、何かあったとしたら学校しか考えられない。運動部ではなく、吹奏楽部に所属していたのに、六箇所も打撲傷があるのも不自然だ。

自殺の真相が知りたかった俺たちは、葬儀を終えたあと、茂明が残したノートを持って学校に乗り込んだ。茂明に何か変わったようすはなかったか、いじめられていなかったか、それらの質問を担任にぶつけたが、「いじめの実態はなかった」「打撲傷も体育のときについたものではないか」と言われた。

確かにあのノートだけでは、誰を恨んで命を絶ったのかわからない。

黙り込んだ俺たちに、担任は「ご両親は何か気づかれなかったのですか。茂明君の悩んでいる姿を見たことはありませんか」と少し棘のある口調で訊いてきた。どこかに「学校側ばかりを責めるな」という気持ちが含まれている気がした。

胸が張り裂けそうなほど辛かったが、担任の質問に何も答えられず、室内は重い空気に包まれた。

最後にかかってきた電話以外、特に変わったようすはなかった。いや、自分の命を絶つほど苦しんでいたのに、何もないはずがない。俺たちは、茂明の苦しみに気づけなかったのだ。

結局、担任からは有力な情報は得られなかった。期待していた分、失望は大きく、目の前が真っ暗になった。自責の念と悔しい気持ちを抱えたまま、重い足取りで校舎を出た。

数人の生徒たちが、笑い合いながら歩いている。茂明と同じ歳くらいの少年たちを見ると胸が苦しくなった。あれが息子ならいいのに、そんなことばかり考えてしまう。

秋絵は、「一一九番通報してからすぐにノートの存在に気づいていれば、もっと判読できた文字があったかもしれない」と嘆いた。冷静さを欠いた状態では難しかったと思うが、誰かを失ってからできることは後悔ばかりだ。

茂明の異変に気づけなかった自分を責め、それでも納得いかなかった秋絵は「息子は学校で何かあったため自殺した可能性が高いので、しっかり捜査をしてほしい」と警察署で訴えた。けれども、いじめはおろか暴力行為などを証明できなければ、被害届は受理できないと窘められ、「まずは学校側に相談し、先生方と話し合ってほしい」と言われた。

学校側とは何度も話し合った。それでも埒《らち》が明かないから警察を頼ったのに――。次に取るべき行動がわからず途方に暮れた。

翌日、秋絵は弁護士に相談したが、「訴えるべき相手が不明な上、被害者は亡くなっているので、仮にいじめがあったとしても立証は困難で、裁判を起こしても勝ち目はない」そう説明を受けて肩を落として帰って来た。

秋絵が極端におかしくなり始めたのは、茂明が亡くなってから一ヵ月が過ぎた日曜の午後だった。いつもソファに座って一点を見つめている秋絵が、親指くらいの指人形を作っていた。それは、キャップを被った男の子のようだった。人形の服には、『S』というイニシャルが入っている。

秋絵は裁縫が得意だったが、最近はやらなくなっていたので、何かを懸命に作っている姿が嬉しかった。久しぶりに楽しそうな顔を見て、こちらも救われる思いがした。けれども、それは一瞬だけ訪れた安穏に過ぎなかった。

「この指人形を茂明に渡せばよかった」

茂明を亡くしてからというもの、秋絵の口から出るのは、いつも息子のことばかりだった。それ以外の話を振っても、必ず茂明のことになってしまう。気持ちはわかるが、そのたびに泣き出す秋絵をどうすることもできず、深い徒労感に襲われた。

「あの子が小学校に入学したとき、この指人形を渡せばよかった。『もし死にたくなるほど辛い出来事があったら、お父さんかお母さんにこの人形を見せてほしい』って、教えておくの。『言葉なんてなくてもいい。苦しい現状を話せなくてもいい。ただ見せてくれれば、必ず私たちが助けてあげるから』そう言って渡しておけばよかった。そうしたら自殺を防げたかもしれない」

それ以上言葉にならず、唇を嚙んで黙り込んでしまった。

秋絵の後悔を少しでも和らげたくて、なるべく感情を抑えて言った。

「たとえ人形を渡したとしても、俺たちに見せて助けを求めたかどうかわからないじゃないか」

秋絵は泣きながら首を振った。

「違う。茂明がそうしたかどうかが問題なんじゃない。私たちがそれをしなければいけなかったの。あらゆる出来事を想定して、もっと親としてやれることを探さなければいけなかった。あの子のためにできることは、もっとたくさんあったはずよ」

「そんなに自分を責めないでくれよ」

そう言って秋絵の肩に手を置くと、彼女は振り払うように立ち上がり、怒気を含んだ声で言い放った。

「あなたは自分を責めないの？　死ぬ直前に茂明から電話があったのに、電話に出なかった自分をもっと責めるべきよ。あなたがあの電話に出ていたら死ななかったかもしれない。私なら電話にちゃんと出た。どうして出なかったのよ」

秋絵に言われるまでもない。何度だってあの日のことを後悔し、責めて、責めて、狂いそうなほど自分を責めた。

気づけば、初めて涙が零れていた。

病院で冷たくなった茂明に対面したときも葬儀でも泣かなかった。泣けなかった。それなのに今は涙が止まらない。

「息子の死では泣かないのに、自分が責められたら泣くのね」

秋絵のその言葉を聞いた瞬間、夫婦の絆が断ち切られたように思えた。

妻を本当に守りたかったのなら、前向きな言葉ばかりでなく、痩せ我慢でもなく、一緒に向き合ってもっと悲しみを共有すればよかった。自分も辛くてどうしようもない、そう素直に話せばよかった。

男は簡単に涙を見せるな。すぐに泣くような男に何が守れる。みんなが苦しいときほど涙を堪えろ。小さな村で育った堅物の父親から、よくそう言い聞かされていた。病院や葬儀場で俺が泣き崩れたら、秋絵の心は壊れてしまう気がした。傍にいて、残された妻を守るのが最優先にやるべきことだと考えた。

茂明は、思いやりのある優しい子だった。母の日や秋絵の誕生日には必ずお祝いをしたがった。俺が忘れていても、茂明はそれらを覚えていて、ときには仕事にかまけている俺に不満をもらした。そんな母親思いの子だったからこそ、今は息子を亡くした悲しみに引きずられるのではなく、しっかり秋絵を支えなければならないと思ったのだ。

だから、茂明からの電話のことも正直に話した。彼女の怒りや悲しみが自分自身ではなく、俺の方に向けばいいと願ったからだ。それなのに、いざ牙を向けられると、そんな決意は簡単に崩れた。

気づけば、俺自身も何かに縋りたかったのだ。

秋絵の責める声は、次第に茂明のものに変わり、「どうしてお父さんは電話に出てくれなかったの」と泣き声で尋ねてくる。

亡き父に教えてほしかった。男として、父親として、どうすべきだったのか。本当の強さとはなんなのか。家族を守るとは、どういうことなのか。今、俺がすべきなのは何か。それらの明確な答えがひとつも思い浮かばなかった。

その日以来、妻は仕事中に何度も携帯に電話してくるようになった。タイミングよく電話に出られることもあったが、会議の最中や打ち合わせ中は無理だった。

会議が終わったあと、すぐに電話をすると秋絵の喚き声が聞こえた。

「どうしたんだ⁉　何かあったのか？」

「助けて！　どうして電話に出てくれないの」

秋絵は子どものように大きな声で泣き叫んだ。

「大丈夫か⁉　すぐに家に帰るからな！」

俺がそう言うと、先ほどまで泣いていたはずなのに、「あなた全然反省していないじゃない。ダメね。また電話に出ないじゃない」と今度はせせら笑うように責め立てた。

妻は心の病にかかっていると、このとき確信した。

会社を早退して急いで家に帰ると、秋絵は何事もなかったかのように、大鍋に入ったカレーを混ぜていた。

「あら、早かったのね。お夕飯すぐにできるから」

電話とは別人のような状況に戸惑い、呆然としていると、家の電話が鳴った。

受話器を取ろうとして、留守番電話のランプが点滅しているのに気づいた。嫌な予感を覚えながら受話器を取ると、相手は茂明が通っていた学校の担任だった。

クラスの名簿から「中」と「二」がつく人物を割り出した秋絵は、集合写真を手に、学校近くの通学路で待ち伏せして、「茂明に嫌がらせをしていなかったか、いじめていなかったか」と、彼らに尋ねたらしい。茂明のクラスには、名前に「中」と「二」がつく人物が男子三人、女子二人の計五名いた。特定の人物だけでなく、茂明のクラスメートかどうか確認しながら、いじめの有無を訊いてまわったという。

担任が言うには、道で土下座までして「本当のことを教えてください」と泣き叫んだようだ。腕を強く摑まれた生徒の親から、学校に苦情が入ったのだ。

数ヵ月前まで担任だったのに「お気持ちはわかりますが、今回の件では生徒たちも傷ついていますので」という声には、呆れたような迷惑そうな響きがあった。

電話を切ってから確認すると、案の定、留守番電話は全て担任からだった。

秋絵は電話の相手がわかっているらしく、目を合わせようとしない。不自然だが、まるで楽しいことでもあったかのように鼻歌を唄いながら、ばりばりとレタスをちぎっている。

夕食を終え、担任から言われたことを確かめようとすると、秋絵はおもむろに立ち上がり、「今日はすごくいいことがあったのよ」と言いながらチェストから何か取り出した。

最近の行き過ぎた言動から嫌な予感ばかりが膨らむ。

秋絵はまるで旅行の計画でも立てるかのように喜色満面で、茂明のクラスの集合写真と赤色のボールペンを持って来た。

「これが茂明と同じクラスの中野直紀《なかのなおき》」

そう説明しながら、ボールペンで直紀という少年の首の部分を刺している。首に赤い線が何本も引かれた。

尋常ではない殺気を感じて秋絵の顔を見ると、彼女は微笑みを浮かべて淡々と言った。

「大人しそうな顔をしているでしょ？　でもね、茂明をいじめていたんですって。名前に『中』もついているし」

「どうしてそれがわかったんだ」

「茂明のクラスのルーム長の女の子が、茂明はいじめられていた、って泣きながら教えてくれたの。でも、いじめていた相手の名前は言わなかった」

そう言ったあと秋絵は、直紀の隣に立っている右目の下に大きな黒子のある少年をペンの先で指した。細い一重の目、薄い唇、無表情のせいか冷淡な印象を受けた。

「この篠原大和《しのはらやまと》っていう子が『中野直紀君が茂明君をいじめていました』って、はっきり教えてくれたの。茂明の親友だったからじゃないのよ。心の綺麗な正義感の強い子だったからでもない。何か知っているようだったから、『一万円払うから』ってお願いしたの。安いでしょ？　そんな金額で色々教えてくれるんだもん」

秋絵はボールペンで、直紀の顔をぐちゃぐちゃに塗りつぶしながら「安いわよねぇ」と言っている。

「他の生徒たちにも、中野直紀が茂明をいじめていたかどうか尋ねたら、数人の生徒が『そうです』と答えてくれた。本当は全員が知っているのに、知らない振りをしている気がする」

秋絵は、ボールペンの先で生徒たちの顔をぶすぶす刺している。口もとに笑みを浮かべ、穴があくまで何度も刺し続ける。

真相に迫りたいという気持ちより、これ以上秋絵が壊れていく姿を見たくなかった。瘦せ細った身体、白髪の増えた髪、泣き腫らした目、その全てが不安にさせる。秋絵にまで何かあれば、俺はもう生きる意味を失う。

タイミングが悪いのは承知の上で、できるだけ刺激しないように提案した。

「病院に行かないか？　秋絵は少し疲れているよ」

彼女は幼子のように首を少し傾げて「どうして？　やっと茂明の死の真相がわかるのに」と微笑んだ。

「俺も知りたい。だけど、今更わかったところで茂明はもう帰って来ない。それは秋絵にもわかるよな？」

「あなたこそ病院に行ったら？　自分の息子を殺した犯人がわかったのよ。明日、中野直紀の家に行って、その子に会って来るから」

「それなら俺も一緒に行く」

「あら、あなたには電話に出られないほど大切なお仕事があるじゃない」

俺は息を呑んだ。目の前にいるのは、本物の秋絵だと思いたくなかった。あからさまな嫌みで人を追いつめるような人間ではない。いつも我慢強くて思いやりのある人だった。

自殺の原因を究明しても茂明は帰らないが、真実を知らなければ前に進めない。これ以上曖昧な状況を長引かせれば、もっと絶望的な出来事が起きる予感がした。

今まで抑えていた強い憤りが湧き上がってくる。

秋絵の言うことが本当ならば、茂明の命を奪い、家族を崩壊させる原因になった直紀という少年が許せない。冷静でいなければならないと思う一方で、相手を追いつめて罪を償わせたいという衝動が生まれた。

最近、秋絵が活動的になったのも、そんな気持ちが芽生えたからかもしれない。

「俺が今からそいつの家に行ってくる」

威勢よく言い放ったが、奴の住所を知らないことに気づいた。

「本当に今から行くの？」

窘《なだ》めるような口調だったが、秋絵の目は輝いて生気に満ちている。

秋絵はタブレットPCを持って来ると、『ミットグリート』というケーキ屋のホームページを開いた。

「学校名と本名で検索したらフェイスブックが見つかったの。そこに父親が経営しているケーキ屋の写真が載っていた。一階が店舗で、二階、三階が居住スペースみたいだから、店に行ってみましょう。これが店のホームページ」

秋絵はリビングの掛け時計に目を向け、「ちょうど閉店の時間だし、都合がいいわね」と笑った。

あまりの用意周到さに俺は少したじろいだが、もうあとには引けなかった。

「今日は俺がひとりで話を聞いてくるから、秋絵は家で待っていてほしい」

「いやよ。どうして私が行ったらダメなの？　犯人を見つけたのは私よ」

まるで手柄をとりたがる刑事のような口ぶりに動揺した。「犯人」という言葉を耳にし、少し冷静にならなければいけないと思い直した。まだ真相が明らかになっていないのに、一方的に相手を責めてはならない。そう思ったが、秋絵は言うことを聞きそうもなかった。

しかたなく、ふたりでミットグリートに行き、駐車場に車を停めた。都合よく、エプロン姿の女性が店のシャッターを下ろしているところだった。

車から降りた秋絵は、驚くほどのスピードで駆け出し、女性に何か話しかけている。

慌てて車のドアをロックしてから、秋絵の傍に駆け寄った。

秋絵は肩で息をしながら、じっと女性の顔を凝視している。

「こちら、直紀君の母親の早月《さつき》さんよ」

俺が来る前に挨拶を交わしたのか、無理やり訊き出したのかわからないが、秋絵は低い声でそう言った。

「直紀のことでお話があるというのは、どういうことでしょうか」

早月は混乱したようすで、俺の顔を見た。その表情は、今にも飛びかかりそうな勢いで睨んでいる秋絵に怯えているようだった。

「外では話しづらい内容でして……」

そう言うと「では、中へどうぞ」と通してくれた。

店の奥にはイートインスペースがあり、ショーケースの中には、まだいくつかケーキが残っている。

清潔で甘い匂いが漂う店内は、幸福に満ちていた。

秋絵は、ベビーピンクのレースのカーテンや棚に並べられたクッキーを恨めしそうに眺めている。

四人掛けのテーブルに案内されたので、秋絵と並んで座った。

早月は紅茶をポットからティーカップに注ぎ入れ、丁寧な手つきで俺たちの前に置いた。

同年齢くらいにしては少し落ち着いて見えるが、おっとりした動作は温和な印象を与える。

調理場の方からコック帽を脱ぎながら、シェフコートを着た少しぽっちゃりとした男、中野雄二郎《ゆうじろう》が現れた。ホームページに載っていた写真とさほど変わらず、口髭をたくわえているが、艶のある顔は清潔感がある。

「私が直紀の父親ですが、今日はどのようなご用件でしょうか」

「突然お伺いしまして申し訳ありません。私たちは直紀君と同じクラスだった風見茂明の父、啓介《けいすけ》と……」

隣を見ると、小さな声で「秋絵です」と答えた。

一瞬、ふたりの顔が引きつり、次に同情するように眉をハの字に曲げた。あからさまな表情に苛立ったのか、秋絵は率直に言葉を投げつけた。

「茂明が自殺したのは、あなた方の息子さんの直紀君に原因があるようなのです」

慌てて秋絵の腕を摑み、「そんな言い方は」と咎めたが、俺の言葉など聞く耳を持たずに続けて話し出した。

「こちらには証拠があるんです」

「待ってください。どういうことでしょうか」

雄二郎は、低く落ち着いた声音でそう言った。

客商売をしているせいか、感情的にならず、穏やかな口調だった。

早月は泣き出しそうな顔で、夫の横顔を見つめている。

「直紀君が茂明をいじめて、自殺に追いやったようなんです」

秋絵の断定した口調が不快だったのか、早月は咎めるように尋ねた。

「誰がそんなことを言ったんですか?」

「相手を教えたら、今度はその子をいじめるのではないでしょうか。だから言えませんが、はっきりと直紀君が茂明をいじめていたと教えてくれた生徒がいました」

秋絵の話を遮って雄二郎が不満げに言う。

「その子が嘘を言っている可能性もあるのではないですか？　証拠はあるんですか？」

「ひとりだけではありませんよ」

秋絵のその言葉に怯まずに、雄二郎は言い返した。

「そんなでたらめを言って、あなた方は何が目的ですか？　お金ですか？」

今度は早月が夫を窘めた。

雄二郎は机の上で拳を握ったが、俺は「お金」という言葉に苛立ちが収まらず、言下に否定した。

「我々はそんなものは要求していません。ただ真実を直紀君に教えてほしいと思っているだけです」

早月は唇を震わせながら、「直紀はそんな子ではありません。もしそう話した生徒がいるのなら、その子が直紀に罪を着せようとしたのではないですか」と身を乗り出した。

「その可能性も含め、一度直紀君と話をさせてもらえませんか」

俺が頼んだ瞬間、秋絵はぼそりと言った。

「直紀君も死ねばいいのに」

その突拍子もない言葉に、一瞬にして店内の空気が凍りつく。

直後、早月は叫んだ。

「なんてこと言うんですか？　息子さんのことは本当にお気の毒だと思います。だからって、うちの子に死ねばいいだなんておかしいですよ」

「そうだよ。事前に連絡もなく店にやってきて失礼ですよ。急に息子がいじめをしていたと言われても信じられないだろ」

「僕はやってないよ」

全員が声のした方を振り返ると、そこに直紀が立っていた。

調理場の方から歩いて来る直紀は、色が白く華奢な体形で、少なくとも喧嘩が強そうには見えない。

秋絵は即座に立ち上がり、直紀に駆け寄ると強い口調で問い質した。

「本当のことを教えて。あなたが茂明をいじめていたんでしょ？」

秋絵の叫んだ声を打ち消すように、雄二郎はテーブルを叩いて立ち上がる。

「もういい加減にしてくれ！　息子はやっていないって言っているだろ」

「だったら誰がやったのよ？」

秋絵は何も答えない直紀に痺れをきらして続けた。「直紀君、このまま嘘をつき続けたら、大人になってからもずっと苦しむのよ。ちゃんと罪を認めて償わなければ、この先ずっと思い悩みながら生きていかなければならないのよ」

すかさず早月が声を張り上げた。

「帰ってください！　どうして息子を加害者呼ばわりするんですか。茂明君は自分で死んだんじゃないですか。息子や他の子が殺したわけじゃない」

その言葉に、秋絵の顔からいっさいの表情が消えた。

直紀は一瞬、笑いを堪えているように唇を歪ませたあと、まずいと思ったのか素早く顔を伏せた。

次の瞬間、秋絵は直紀の頰を叩いた。

「やめて！　何するんですか」

早月のヒステリックな声が店内に響いた。

「もし茂明君が誰かにいじめられていたなら、それに気づけなくてごめんなさい」

顔を上げた直紀は、弱々しい声でそう言ったが、芝居がかった言い方だったので空々しく感じられた。

「ねぇ、あなたは茂明に泥のついたクリームパンを食べさせたそうね」

秋絵がそう追及すると、直紀は初めて怯えた表情を浮かべた。

「茂明に『臭いから死ね』と言って、バケツの水を掛けたそうね。裸にして撮影したこともあったんでしょ？」

初めて知らされるいじめの実態に、頭を殴られた気がした。俺は何も知らなかったのだ。

直紀は先ほどまでの余裕のある態度とは違い、どこか警戒しているような表情に変わり、少し目を細めて秋絵を見た。

「おばさん、証拠は？」

もう一度、叩こうとした秋絵の手首を雄二郎は摑み上げ、店の外へ無理やり引っ張り出そうとする。

それでも秋絵は、抵抗して引き下がらなかった。

「あなたがいじめていたって教えてくれた子がいるのよ！　正直に話しなさい！」

暴れている秋絵と泣き顔の茂明の姿が重なって見えた。

茂明がやられていた残酷ないじめの実態を知り、強い怒りの感情が爆発した。俺は「手を離せ」と叫びながら、雄二郎の顔面を殴りつけてしまった。

激しい音を立てて、雄二郎はショーケースにぶつかった。シェフコートは鼻から溢れた血で赤く染まっている。

俺の全身が震えているのは怒りからなのか、絶望なのか、それとも後悔なのかわからない。

ただ、茂明がいた頃の穏やかで幸せな時間に帰りたかった。

早月に警察を呼ばれ、俺は朝まで取調室で事情を訊かれた。

全治一週間の怪我を負った雄二郎は、客商売をしているので騒ぎにしたくなかったのか、これ以上中野家に関わらないという条件つきで、被害届は出さないでくれた。

昨日までは茂明をいじめた者を見つけ出して、学校を糾弾し、真実を知り、罪を償ってもらおうと意気込んでいたのに、虚しい結果に終わった。

もう一度調査をしてほしいと学校側に訴えても、「気持ちの行き違いはあったかもしれないが、いじめの事実はなかった」と言われた。本当にいじめはなかったのか、それとも何か理由があって口裏を合わせているのかわからないが、「いじめはあった」と教えてくれた生徒たちも、担任に「勘違いでした」と言っていたそうだ。

茂明のいじめを教えてくれた篠原大和でさえ、「金がほしくて嘘をついた」と証言を翻した。

なぜ証言を変えたのか、どうしても納得できず、生徒たちの家をまわって話を聞こうと思った。けれども、大抵は親に「こういうことはやめてほしい」と門前払いされた。話してくれる生徒がいたとしても、「仲が悪いと思っていたけど、思い違いだった」という曖昧な返事しかもらえなかった。

真実を求めようとすればするほど、こちらの精神が消耗していくばかりだった。

あの頃から秋絵は「茂明に会いたい」と言い出すようになった。病院に通って薬も飲んでいたのに顔色は悪く、口数も極端に減っていった。

茂明が亡くなってから半年が経った頃、秋絵は「みんな死ぬのが怖いって言うでしょ？でも私、死ぬのが楽しみなの。だって茂明に会えるもの」と言った数日後、電車に飛び込もうとした。

止めてくれた人がいて未遂に終わったが、二週間ほど入院することになった。退院したあとは、表面上はいつもと変わらない生活を送っていた。けれども俺は、少しでもようすがおかしいときは会社を休んで秋絵の傍にいた。

大切だと思う気持ちが伝わったのか、次第に秋絵は明るくなり、会話もスムーズにできるようになった。時間が傷を癒し、また昔のように朗らかな妻に戻ってくれたと信じていた。

ある夜、眠ろうとベッドに入ると、秋絵は「子どもができたら、また茂明が生まれて来てくれるかな」と泣き出した。秋絵の震える声が痛々しく、また必死に前を向こうとする姿は切なかった。久しぶりに妻を抱いた。もう一度、茂明が生まれ変わるのを願いながら
——。

けれども、願いは虚しく砕け散った。

翌日、秋絵は公園の先にある高台に建てられた展望台から身を投げたのだ。展望台は六階ほどの高さがあり、全身を強く打ち、脳挫傷で死亡した。

夜景や星空が綺麗に見える展望台は、茂明の大好きな場所だった。

自宅で死ななかったのは、秋絵の俺に対する最後の思いやりだった気がする。

きっと、俺に現場を見せたくなかったのだろう。秋絵は、しばしば、茂明が倒れていた姿がフラッシュバックすると悩んでいた。今となってはわからないが、自分と同じようになってほしくなかったのかもしれない。

秋絵から届いた最後のメールには、「このままだとあなたまでダメにしてしまうから。ごめんなさい」と書いてあった。

備品の在庫状況をエクセルに入力したあと、ブラウザを立ち上げ、検索欄に「いじめ遺族　苦しみ」と入力した。

インターネットの書き込みは、心を傷つける内容も多いが、同じ傷を持つ人間にとって、これほど慰めになる場所もなかった。実際に同じ立場にならなければわからない感情がある。

子どもを死に追いやった相手への怒りはもちろんだが、多くの遺族たちは子どもを守ってあげられなかった自分自身も責めていた。気持ちは痛いほどよくわかる。何度もあのとき、息子の電話に出ていればと後悔した。

当初は経理部の定例会議があるたびに、会議のせいで電話に出られなかったのだ、と筋違いな怒りを感じて、書類を破り捨てたい衝動に駆られた。

時間が経つと、死んだ息子を少しだけ恨んだ。どうして死ぬんだ、死ぬ勇気があれば、なんだってできたじゃないか。学校が嫌なら転校すればいい。海外に留学する道だってある。家で家庭教師をつけて勉強してもいい。いじめで苦しむ子どもたちが通うフリースクールに行くのもいい。選択肢はたくさんあったはずだ。

そう思ったあと、それならば親として、それらの選択肢があることを教えたのか、と自らに問う声が響いてくる。

何ひとつ教えなかった……。

今頃になって、妻が作った指人形を思い出す。

あの人形を渡していたら、茂明は親に助けを求めただろうか。可能性は低いかもしれないが、ゼロではなかったはずだ。是が非でも命を守ってやりたかった。

着信音が鳴り、携帯に一通のメールが届いた。

――罪親さん、そろそろ『ライフセーブの集い』に入会しませんか？　ひとりで苦しまないでください。あなたには我々がついています。孤独なときは、同じ経験をした仲間と語り合いましょう。

ライフセーブの集いを運営する主宰者、吉田《よしだ》からのメールだった。この集いに参加できるのは、子どもをいじめによって亡くした親、現在いじめを受けている子どもやその親だけだ。

正式に入会すれば、会報が届くようになるという。そこには現在流行っているいじめの内容などが掲載されているようだ。

ライフセーブの集いの掲示板では、同じ問題で苦しむ者同士、ネット上で相談にのってもらったり、解決策をアドバイスし合ったりしている。メールアドレスとパスワードを入力してログインすれば、正式に入会しなくても掲示板は使用できるようになっていた。

『罪親』というのは、掲示板上で話すときに使用する俺のハンドルネームだった。

最初は傷の舐め合いのようで避けていたが、酒を飲み過ぎたクリスマスイブの夜、ライフセーブの集いが運営する掲示板に「はじめまして、罪親と申します。私の息子は学校でのいじめが原因で自ら命を絶ちました。その一年後、妻は息子の苦しみに気づけなかった自分を責めて後追い自殺をし、私は大切な家族を失いました。初めて書き込みをします。

よろしくお願いします」と書いた。

――罪親さん、よろしく。

――素敵なハンドルネームですね。よろしくお願いいたします。

――ようこそ罪親さん。ここにいる人間は、みんなあなたの気持ちを理解しています。

そんな歓迎の内容が次々に書き込まれていった。

サイトの人間との会話は、共感できる内容が多く、気づけば彼らとの交流は気持ちが救われる時間になっていた。

自分の悩みや後悔、家族との向き合い方だけでなく、ときどき、気に入った映画や励まされた本の話題にもなった。もしも、妻がこのサイトを知っていたら、命を絶たずに済んだだろうか。ふと、そんな思いがよぎった。

サイトの温かい仲間に支えられ、ときには頼りない夫の悪口を書き込み、留守番電話の件もみんなに話したっていい、秋絵の心が少しでも軽くなるなら――。

今更、何を思ってもあとの祭りだが、ライフセーブの集いを勧めていたら、結果は変わっていたかもしれない。

入会すれば、現実の世界でも彼らに会えるからだ。月に一度、会員の集いが東京で開催される。

俺が住んでいる場所から東京までは、電車で一時間半だった。行けない距離ではない。レンタル会議室を予約し、そこに集まるらしい。それ以外にもネット上で気が合えば、個人的に会ってお互い良好な関係を築いている人たちもいるようだ。

俺が入会をためらっている理由は、住所などの個人情報を教えたくなかったからだ。もしかしたら、弱っているところにつけ込まれて、高額な商品を勧められるかもしれない。

実際、妻子を亡くしてから「最近、大切な人を亡くされていませんか？　それはある人物からの呪いです。お祓いが必要です」などといった電話が掛かってくるようになった。ポストには「魔除けのブレスレット」や「幸運を呼ぶ印鑑」などの胡散臭いチラシも増えた。

善意に基づいたものであっても、最近は簡単に人を信じられないようになった。

それに東京まで出向き、会ったこともない多くの人たちの輪に入る気にはなれない。けれども、ひとりだけ同じ県に住む少年には会いたいと思っていた。

ハンドルネームは『ハギノ』。

高校二年のハギノは、一年前から陰湿ないじめにあっているようだ。色々相談にのっているうちに、生きていれば茂明と同じ歳だったハギノが息子と重なり、父親のように心配になることが増えた。

俺は、ハギノにメールを送信した。

――ハギノの指定した場所に行くので、今度、実際に会って話をしませんか？　気が乗らなかったら遠慮なく断ってください。

ネットの中では良好な関係が築けても、実際に会うのは警戒されると思ったが、すぐに返信が届いた。

――罪親さん、ありがとう。昨日、ボクが「死にたい」と書き込んだので、心配してくれたんですね。ボクも会って話がしたいです。

少し胸が痛んだ。もちろんハギノのことを心配していたが、それ以上に知りたいことがあったのだ。

ハギノのいじめの内容を読むと、相手はケーキ屋の息子Ｎ・Ｎだと書いてあった。そのイニシャルを見た瞬間、強い殺意が湧いた。

Ｎ・Ｎはハギノを殴りながら「中学のときに気に入らない奴を一匹自殺に追い込んだ」と自慢げに語ったらしい。

もしも、そいつが中野直紀ならば、間違いなく茂明を追い込んだ人物だ。もう許すわけにはいかない。まだ懲りずに新たな標的を見つけていじめを繰り返しているのだ。

警察に捕まってもかまわない。残りの人生、守るべき人間もやりたい夢もないのだから

――。

救えなかった息子の代わりにハギノを救って終わりにしよう。

何度かメールを交わし、お互いが都合のいい日に、自宅から二駅ほど行ったところにあるファミレスで待ち合わせる約束をした。

誰もいない自宅に帰るのが嫌で、会社帰りのスーツ姿のまま、家から二十五分ほど歩いたところにある展望台公園に向かった。

日中は暑くてぐったりしていたが、夜になると急に涼しくなり秋めいてくる。

街路灯に照らされた道を歩いて行くと、東西に広がる大きな公園があった。公園の奥の高台には展望台が聳《そび》えている。

展望台を管轄している市は、老朽化による倒壊の恐れを懸念して取り壊しを決定したばかりだった。それ以来、展望台に近づく者はいなかった。

この展望台公園は息子が幼かった頃、妻と三人でよく訪れた思い出の場所だった。疲れているときは、自然とこの公園に足が向く。

木々には電球が飾られ、色とりどりに輝いていた。

広場には屋台が立ち並び、フリーマーケットが開かれ、大道芸人たちがパフォーマンスを繰り広げている。

秋になると、金曜日の夜だけ町おこしの一環として開催されるイベントだった。

どこからか、陽気なジャズの演奏が聴こえてくる。

賑やかな広場の一角に向かった。

そこには、ひとりのピエロが台の上に立っている。フットライトに照らされたピエロは、マネキンのように身動きひとつしない。右下には小銭を入れる貯金箱のようなアルミ缶が置いてある。

財布から小銭を取り出し、缶の中に入れた。

どこか懐かしいオルゴールの音が響いてくる。曲に合わせて、ピエロはロボットダンスを踊り出した。

秋絵は、チャールズ・チャップリンの『街の灯』という映画が好きだった。ある男が、街で出会った目の不自由な花売りの娘に恋をする物語だ。何度も観ているはずなのに、ラストシーンで毎回涙を浮かべるのが微笑ましかった。

何をしていても、どんな場面を見ても、思い出すのは秋絵と茂明のことばかりだ。

気づけば、ピエロの周りに子どもたちが集まっていた。

子どもたちの視線を浴びながら、ピエロはロボットになりきって踊っている。関節をぎこちなく曲げて屈むと、一番手前にいるキャップを被った少年の前に手を差し出した。

突然、周囲から歓声があがる。

ピエロは、手品のように造花の薔薇を一本出したのだ。少年は嬉しそうに薔薇を受け取った。

ピエロのロボットダンスを見ているうちに、茂明が小学五年の頃にクラスでやった創作劇を思い出した。

作文が得意だった茂明は、演出と脚本を担当した。内容は人間になりたいロボットと、ロボットになりたかった人間の悲しい物語だった。子どもが創るような簡単な内容ではなく、心に深く残る作品だった。親バカかもしれないが、茂明には才能があると思った。将来は、映画監督という夢もあったかもしれない。けれども今は思う。生きていてくれさえすれば、それだけで十分だ。

大切に積み上げてきた様々な思い出が溢れてきて、視界が滲む。堪えきれなくなり、人通りの少ない芝生の広場まで歩き、足を止めた。

鞄から指人形と携帯を取り出した。指人形を強く握り締め、携帯を耳にあててから天を仰いだ。

月と星が綺麗な夜だった。

茂明、もう一度お父さんに電話をしてくれないか。俺と話すのが嫌なら、また留守番電話に入れてくれてもかまわない。声を聞かせてくれ。

お父さん、お前のようないい子が死ぬのを、もうこれ以上見たくないんだ。これからやろうとしていることは間違っているかい？

どうか、どうか、声を聞かせてほしい。もう一度だけ——。

第三章　共謀

犯行が露見していない殺人事件の数はどれだけあるだろう。

完全犯罪を目論み、綿密な殺害計画を立てても、捕まってしまう者がいる。その一方で、短絡的な犯行により、数多くの遺留品を残したにもかかわらず、逃げ果《おお》せた者もいるはずだ。

私の殺害計画はどうなるだろう――。

もともと自殺を考えていた。だから、仮に計画が失敗したとしても、自ら命を絶てばいいだけだ。

しかし、もしも完全犯罪が成功して彼を殺すことができたら、私の世界は再び光を取り戻せるだろうか。

全てはこの計画にかかっている。

私は鞄から一枚の紙を取り出した。そこには、殺害の方法が詳しく書いてある。紙を持つ手が少し汗ばんでいた。計画を練っているときとは違い、実際に犯行に及ぶ段になれば、自ずと緊張感は増してくる。

犯行の実行日は、今日の夕方六時だ。

一、殺害する相手は、男性『M』

これは殺害相手のイニシャルではない。モンスターの『M』だ。

Mは、誰かに恨まれて殺されると知っていれば、人の道を踏み外さずに、まっとうな人生を送っただろうか。

周囲の人々に気を遣い、不快な思いをさせていないか常に考え、嫌悪感を抱かれないように努めただろうか。もしそうなら、Mに「怨恨により殺害される」という未来を教えてやるのも悪くない。でも、もう手遅れだ——。

彼は多くの人を傷つけすぎた。殺されるべき人間だ。

二、殺害現場は、廃墟になっている建物の屋上

昔は若者に人気のボウリング場だったが、六年前に閉鎖され、今は廃墟になっている建物がある。コンクリート造りの四階建てで、黄緑色とオレンジの派手な外観が特徴的だった。屋上には、ピンの形をした巨大な立体看板が掲げてある。

外壁には、白いカルプ文字で『ホープボウル』と書いてあった。今となっては、「希望」という店名が心寂しく感じられる。

ここは市街地から離れていて、最寄り駅からは徒歩で五十分ほどかかる。周辺には河川

敷があるだけで、住宅や商業施設はなく、ほとんど人影はなかった。

立地条件が悪くて買い手が見つからないのか、新しいテナントが入るようすもない。そのまま取り壊しも行われずに放置されていた。

営業していた頃は、一階と二階はボウリング場、三階はゲームセンター、四階にはレストランが入っていた。

敷地の周りは低い塀に囲まれていて、入り口には黒と黄色のトラロープが張られている。敷地内には、「立ち入り禁止」と書かれた看板がいくつか立っていた。

門番のつもりなのか、先ほどから塀にとまっている一羽のカラスが、鋭い目でこちらを見ている。

私が中腰でロープをくぐり抜けると、カラスは大きな嘴《くちばし》をあけて威嚇するように鳴いた。

お前も一緒に殺してやろうか、そう心の中で呟きながら敷地内に足を踏み入れた。でこぼこしたアスファルトの上には、なぜかボウリングの球がいくつか転がっている。球の表面の柄は消え、どれも砂ぼこりをかぶっていた。

奥にある建物の入り口に向かって、警戒しながらゆっくり歩みを進めた。

外壁には亀裂が走り、コンクリートが剝がれている箇所がいくつもある。窓はほとんど割られていた。

空は分厚い雲に覆われているせいか、ホラー映画に出てきそうな不気味な雰囲気があった。

殺害現場に相応しい。思わず武者震いした。

三、殺害方法

私は毎月Mに決まった額の金を支払うことになっていた。

借金の返済ではない。交通事故に見せかけて金を巻き上げる、あたり屋に目をつけられてしまったのだ。

金を支払うときは、いつもこの建物の屋上に呼び出されていた。倒壊の危険があるので中に入りたくなかったが、Mはこの場所をとても気に入っていたようだ。

昨日、「大金が入ったから、先に半年分の金を支払う。いつもの場所に来てほしい」、そうMに連絡した。公衆電話から連絡したのは、メールだと内容が残り、足がつく可能性が高まるからだ。

待ち合わせの時間は、夕方の六時——。

腕時計を見ると、六時を三分ほど過ぎている。全ては計画どおりだ。

私は建物から少し離れた場所に立ち、屋上を見上げた。屋上にはフェンスなどの囲いはいっさいない。

ゆっくり息を吐いたあと、鞄から携帯を取り出すと、タイミングよくMから着信があった。

いつものふてぶてしい声が聞こえた。

〈呼び出しておいて遅刻かよ〉

「すみません。こちらからかけようと思っていたところです」

私は、屋上にいるであろうMを見上げながら返事をした。

〈お前、今どこにいるんだよ〉

「建物の下です」

私の姿を確認するために、Mは屋上の端まで来ると、下を見下ろした。

私の姿が見えたのか、Mは怒鳴るように言い放った。

〈早く金を持って来いよ！　お前から呼び出したんだろ。一分遅刻するごとに十万追加するからな〉

「やっと願いが叶います。前からあなたを殺したかったんです」

〈はぁ？　ふざけてんのか？〉

「本気ですよ」

私は笑みをたたえて、屋上の人影を見つめながらそう言った。

次の瞬間、絶叫が響き渡り、Mは落下していく。それは人間ではなく、マネキンのようだった。

地面に衝突する重く鈍い音が聞こえたあと屋上を見ると、そこには深紅の髪のピエロが立っていた。

それは私の相棒だった。

地面に叩きつけられたMは、うつ伏せに倒れ、脚は奇妙な方向に曲がり、頭から血が溢れている。血はじわじわと広がり、地面を赤黒く染めていく。

微かに指が動いた気がして、恐怖で心臓が跳ね上がった。

私は警戒しながらMに近づき、靴の先でおそるおそる腕を軽く突いてみる。もう手も脚も動く気配はなかった。

私がここに着く前に、相棒は屋上にある貯水タンクの陰に身をひそめ、Mが上がってくるのをじっと待っていた。

先ほど携帯で話をしていたとき、Mは私の姿を確認するために屋上の端に近づいた。

チャンスを待っていた相棒は、足音を消してMの背後にそっと忍び寄り、手袋をつけた両手で彼の背中を押したのだ。

この計画が成功しなかったときのために、相棒にはフォールディングナイフを用意して持たせてあった。

後日、警察から事情を尋ねられたら、Mから「もう人生に疲れた。今から死ぬ」という電話があったと答えればいい。

突然、キャキャッという笑い声が聞こえ、建物の入り口を見ると、そこにはピエロが立っていた。


黒板に書かれた二次方程式の解の公式を見ながら、僕は思わずほくそ笑んでいた。授業を聞いている振りをしていたが、内容はまったく頭に入っていなかった。ノートには、創作した物語がなぐり書きしてある。あとで見たときに、読めるか心配なほど汚い字だった。

赤色のボールペンを手に取り、ノートの上にあるスペースに大きな字で、「殺害計画」と丁寧に書き込んでいく。

「殺害計画?」

その声に一気に緊張が高まり、全身が凍りついた。

顔を上げると、目の前に剛が立っている。彼は戸惑いと警戒が入り混じった顔で、ノートを覗き込んでいた。

僕はノートを奪われないように、慌てて鞄の中に入れた。

さっきまで黒板の前にいた教師が、教室から出て行く姿が見えた。夢中で書いていたため、授業の終わりのチャイムが鳴ったのに気づかなかった。

クラスメートたちは、普段は僕に寄りつかないから、まさか誰かが近くにいるなんて思いもしなかった。

「マジかよ。こいつのノートに『殺害計画』って書いてあったんだけど」

剛は、クラスメートたちに聞こえるように、わざと大きな声で言った。

一瞬、教室は静かになり、すぐにざわつき始めた。

「あいつ誰か殺すつもりなの？」

「まさか私たちじゃないよね」

「もしかしたら俺たちを皆殺しにする計画かもよ」

「ただの根暗じゃなくてサイコパスじゃん」

「川崎先輩に目をつけられているし、なんで俺らに迷惑ばかりかけるのかな」

僕は身体を強張らせて顔を伏せた。

恥ずかしさと腹立たしさで、手が震えている。もとはといえば、剛と冬人が春一を売ったのが原因じゃないか。怒りが湧き上がってきて奥歯を強く嚙みしめた。

「生徒同士の殺人事件って、たまにあるよな」

誰かが煽《あお》るように言った。

「やめてよ。あんな奴に殺されたくないんだけど」

「この国が銃社会じゃなくてよかった。俺はあいつがナイフで襲ってきても、素手で勝てるからね」

失笑がもれる中、僕は机の中の教科書を鞄に入れ、勢いよく立ち上がった。面倒なので教科書は持ち帰りたくないが、置いていけば落書きされる可能性がある。

一刻も早く教室から出たかったのに、化粧の濃い安田麗奈《やすだれな》が肩を怒らせて近寄ってきた。

「時田、本当にうちらの誰かを殺す気じゃないよね？」

麗奈は、自分がクラスの代表だと言わんばかりに問い質してくる。

僕は、青いアイシャドウが塗られた目もとを見ながら答えた。

「限界を超えたらやるかもな」

いつもは気の強い麗奈が、怯えた表情になり、あとずさった。

殺人という言葉の威力だろうか、僕と目が合ったクラスメートの何人かは、からかうのをやめてさっと目をそらした。

鞄を摑んで、足早に教室を出た。

うしろから「ああいう奴が無差別殺人とかやるんだろうね」「人間じゃないんだよ」と非難する声が追ってくる。

廊下を足早に歩き、階段を駆け下りた。すれ違う生徒たちの全員が、僕をあざ笑っているように思える。

殺す相手はクラスメートじゃない。川崎竜二だ――。

完全犯罪になるアイデアが、なかなか思い浮かばなかった。だから、物語を創作して考えてみることにしたのだ。

僕は五限目と六限目の授業をさぼり、もっと詳しい殺害方法を書くために、ホープボウルに向かった。

あの計画にミスはないか確認したかったのだ。

高校からホープボウルまでは、徒歩で三十分以上かかる。近くに駅がないため、ここからひたすら歩くしかない。

竜二は原付バイクがあるから簡単に行けるが、残暑の中を歩くのはかなりきつかった。

さっきから汗がとまらない。

道の途中、自動販売機で炭酸飲料を買って喉を鳴らして飲んだ。

九月になっても、秋の気配は感じられないほど暑かった。カンカン照りのアスファルトを歩き続けた。しばらく行くと川が見えてくる。

その川沿いの道を進んで行くと、ピンの形をした立体看板が目に飛び込んできた。広い敷地にたたずむ廃墟と化した建物は、いつ来ても不気味だ。

僕は敷地内にバイクがとまっていないか確認した。次に鞄から双眼鏡を取り出して、屋上に人がいないか確かめる。

ここは竜二のお気に入りの場所で、よく学校をさぼって来ているようだから気をつけた方がいいと思ったのだ。

しばらくようすを窺い、誰もいないのを確認してから敷地内に入った。周囲には、「建物崩壊の危険があるためご注意ください」と書かれた看板が立っている。

建物の正面には自動ドアがあったが、今は跡形もなくガラスが割られ、破片は地面に散らばっていた。

砕けたガラスをばりばり踏みながら、薄暗い室内に入った。まるで冷房がきいているかのようにひんやりしている。

左手には受付らしきカウンターが並び、奥に並んでいるウッドレーンは塗装が剝げて、黒いカビが生えている。全てのレーンの手前には、ぼろぼろのソファが置いてあった。

三番レーンのピンデッキには、まるで客を待っているかのように、薄汚れたピンが整列している。床にはボウリングの球やピンが落ちているので、気をつけながら階段の方に歩いて行く。

突然、ガタンという音がしたので振り返ると、ピンが一本倒れていた。誰もいないのに気味が悪い――。

去年、この建物の屋上から、男子高校生が飛び降り自殺をした。

それ以来、少年の霊が出るという噂が立ち、一時期は肝試しをする若者が増えた。でも、カップル狩りが横行し、最近では誰も近寄らなくなっていた。

それなのに毎月、竜二からこの屋上に呼び出される。

冬人か剛のどちらかが、僕の連絡先を竜二に教えたのだろう。そのせいで、金の催促の電話がかかってくるようになったのだ。

エレベーターの隣に、上階に続く階段がある。足もとにはセミや蛾の死骸が転がっていた。一段一段のぼるたびに足は重くなり、埃っぽい室内にいるせいか、息苦しくなる。最後の階段を上がりきると、レストランがあった場所に出た。

まだ小学生だった頃、一度だけ家族で来たことがある。たぶん、母と一緒にオムライスを頼んだと思う。幸せだった頃の記憶は、今は全て痛みと共にある。思い出すたびに気持ちが沈むのは嫌だから、いっそのこと楽しい記憶も全部忘れたかった。

営業していた頃は、レストランがある四階までしか行けなかったが、屋上へ出られるドアもある。閉店後、誰かが壊したのか鍵はかかっていなかった。

重いドアを開けると、奥にまた階段があり、その先には屋上に続くドアがあった。

軋んだ音を響かせてドアを開ける。強い光が差し込んできて、思わず目を細めた。

屋上は十センチくらいの高さの扶壁《ふへき》に囲まれていて、入り口の左側には、円柱の貯水タンクがある。

室内に比べるとそんなに広さはない。屋上の奥半分は一段高くなっていて、ボウリングのピンの立体看板が設置されているからだ。

僕は、ゆっくり扶壁ぎりぎりまで近づき、下を覗いた。

見上げたときは、それほど高さがあるように思えなかったが、地面を見下ろすと恐怖で足がすくむ。

ふと自殺した高校生のことが頭をよぎった。

彼のことなんて何も知らない。それなのに、心が共鳴したかのように胸に絶望が広がっていく。自分の中にも、同じ感情がひそんでいることに気づいた。

飛んだら楽になれる――。

少なからず、そんな思いもあったはずだ。

辺りにはたばこの吸い殻が何本か落ちていた。その吸い殻を見ていると、竜二に呼び出されたときの悔しさが甦ってくる。

先月、五万円が入った封筒を渡そうとすると、竜二は封筒だけでなく、僕の鞄を奪って財布を取り出した。

鞄を屋上から投げ捨てたあと、なんの躊躇《ためら》いもなく、慣れた手つきで七千円を抜き、ボールを投げるみたいに財布も捨てた。

僕が「約束は五万じゃないですか」と必死に訴えるも、腹を膝蹴りされ、襟首《えりくび》を摑まれて扶壁ぎりぎりに立たされた。

あまりの高さに目がくらみ、すぐにでも逃げ出したかったけれど、うしろには竜二がいるせいで道はなかった。

竜二に「ここから落としてやろうか?」と抑揚のない声で言われ、本気でもうダメだと思った。涙で滲む視界の中、遠くに投げ捨てられた鞄が見えた。激しい目眩がした。

あのとき、僕は物と同じなのだと気づいた。

膝が震えて身体の力が抜けそうになった途端、竜二は僕を投げつけるように地面に倒した。倒れてすぐに吐き気がして嘔吐した。

その姿を竜二は、たばこを吸いながら露骨に嫌な顔をして見下ろしていた。

この吸い殻は、きっとそのときの物だろう。

使わずに貯めておいたお年玉や、多めにもらっている生活費を合わせても残り八万しかなく、払えるとしてもあと一ヵ月分しかない。

警察に助けを求めても、どのみち僕は殺される。捕まって少年院に入ったとしても、出院したら必ず殺しに行く、と言われていたからだ。もう手の打ちようがなかった。

この前もいじめの被害にあっていた十五歳の少女が警察に助けを求めたために、凄惨なリンチを受け、山で生き埋めにされるという事件が起きた。

少女は死ぬ間際、警察に相談したことを後悔しただろうか……。

報道によると、少女は身体中をライターであぶられ、耳をカッターで切られたのち、生き埋めにされたそうだ。

笑いながら生き埋めにした奴らも、僕らと同じ血の通った人間なのだ。そう思うと「人間」という生き物の愚かさや恐ろしさを実感する。

あの少女はどうすればよかったのか——。

僕はどうすればいいのか——。

どうせ命を奪われるなら、怪物を殺してもいいはずだ。

自分のためじゃない。

だって、あいつを殺せば少年院に入れられ、人殺しという罪を背負いながらこの世界を生きなければならないのだから。居場所を隠して名前を変えたって、誰かに調べられて、捜し出されるかもしれない。そんな生活は耐えられない。

春一のため……そう思ったあと、急に虚しい気持ちになった。

僕はあの少女を殺した奴らと、なんら変わらないのだろう。

少女を殺害した奴らは、「仲間のため」という偽りの正義を胸に掲げ、凶行に及んだと供述しているらしい。

人を傷つけるときには理由がほしくなる。ましてやそれが、死に至らしめるほど重大なものになればなるほど――。

でも、誰かを助けたいというのは嘘じゃない。

真希の殴られて腫れ上がった顔が未だに忘れられない。あのときの顔の傷が綺麗に治っていればいいのに。いつか恐怖が薄らぐ日が来てほしい。

竜二が死ねば、平穏に生きられる人がたくさんいる。その人たちのためにも、あいつを殺したい。

この先、金を払い続けるのは無理だ。竜二にそう言ったら、「人を殺してでも持ってこい」と鼻で笑われた。

どうせやるなら、お前を殺してやるよ。

ひとりだったら無理かもしれない。でも、僕にはペニーがいる。それは神様が与えてくれた出会いだと思う。

あいつは金を受け取るときだけは、仲間に分け前を要求されるのを避けたいからなのか、いつもひとりでやって来る。それは都合がよかった。

僕は鞄からノートを取り出し、殺害計画に不備がないかどうか確かめた。

建物の下に人がいるかどうかを確認するためには、扶壁の傍まで近づかなければ見えない。扶壁の高さは竜二の足首くらいだから、あいつをあそこまで導ければ、あとは背中を押してもらうだけだ。

次に屋上の入り口から死角になっている場所を確認した。貯水タンクの裏にはスペースがある。ここはペニーが隠れる場所だ。

ノートに屋上の見取り図を描き、隠れる位置に星印をつけた。

日が沈む頃、展望台公園に行くと、辺りはお祭りのように賑やかだった。

公園の中央口から、焼きそば、綿菓子、かき氷、ヨーヨー釣りなどの屋台がずらりと並んでいる。

この季節、金曜日の夜だけ町おこしの一環として開催されるイベントだ。遊具が置いてある場所の近くには、緑色のポロシャツを着たスタッフたちが、フットライトがついた野外ステージの準備をしている。

夜になると、ジャズの演奏や大道芸人たちがジャグリングやファイヤーパフォーマンスをすることもあった。ステージの端にピエロの格好をした人物がいたが、それはペニーではないようだ。

もしかしたら、ペニーも仕事でこの公園に来ているのかもしれない。

ブランコの横にある時計塔の針は、午後の六時半を指していた。

本格的にイベントが始まるのは七時からだ。

僕は賑やかな場所から遠ざかり、雑木林の近くにある芝生の広場まで向かった。

屋台がある場所から芝生の広場までは少し距離がある。進むごとに、人影は少なくなっていく。

この辺は明るいイベント会場とは対照的に、街灯の数が少ない。そのせいか、いつも閑散としていた。

芝生の広場の中央にあるケヤキにもたれるように腰を下ろした。

ペニーに出会ったあの夜から、ずっと抱えていた孤独や心細さが消えた。心の支えになる人が誰もいなかった僕に、ペニーは「殺害計画ができたら手伝ってあげる」と言ってくれたのだ。

あのときは、単純にもその言葉を鵜呑みにした。でも、実際はペニーについて何も知らなかった。性別も名前も連絡先だってわからない。

今さらながらそれでどうやって会えばいいのか、と沈んだ気持ちになる。

ペニーを捜すのは、今日で三日目だった。

会えない日が続くほど、あれは僕の妄想だったのではないかと不安になる。

もしかしたら、からかわれていただけかもしれない。本当にそうなら、殺害計画まで考えていたのが情けなくなる。

待っていれば会えるという希望と、見知らぬ僕のために約束を守るわけがない、という両極の気持ちが交互に押し寄せてくる。

昼よりも暑さが和らいでいるのがせめてもの救いだった。

気づけば、辺りはすっかり暗くなり、遊歩道の街灯が灯り始めた。

ここから少し離れたところにある街灯のひとつが切れかけているのか、チカチカと明滅している。その下にひとりの男が立っているのに気づいた。

男はスーツ姿で、携帯を耳にあてて空を見上げている。細身で姿勢がよく、四十歳前後に見えるが、髪はすべて白髪だった。

泣いているのだろうか――。

ときどき、目の辺りを手で拭っている。

別れ話？　それとも知り合いに不幸があったのだろうか。男は肩を震わせて、うなだれるように顔を伏せたあと、おもむろに公園の外に向かって歩き出した。

幸せなときは気づかなかったけれど、最近、なぜか寂しそうな人にばかり目がいく。僕の苦しみよりも、あの人の方が重いものを抱えているかもしれない。そう思うと心が少し軽くなる。

でもその一方で、人の辛そうな姿を見て安堵している自分の卑しい根性が嫌になる。

結局その日も、ペニーに会うことができなかった。

それから毎日展望台公園に来ても、ペニーには会えず、時間だけが過ぎていった。

また金曜日を迎えた夜、僕は懲りもせず、ペニーを待っていた。

昨日、竜二に殴られた腹がひどく痛む。竜二からの電話をずっと無視していたら、マンションの前で待ち伏せされて殴られたのだ。

そのとき竜二に財布の中の金を取られ、「来月からは十万払え」と言われた。いきなり金額が増えたのは、ピエロに暴力を受けたからだと憤っていた。

もう限界だった。このままペニーに会えないのなら、自ら命を絶つしかない。どう考えても、ひとりで竜二に復讐するなんて無理だ。ナイフを手に歯向かってみても、簡単に取り上げられて、腹に刺されるだけだ。様々な殺害方法を頭の中で想像してみたけれど、どれも自分がやられて終わる結末になる。

遠くからクラシックの演奏が聴こえてきた。聴き慣れた曲だった。きっと、あの野外ステージで奏でているのだろう。

急に胸に懐かしさが溢れ、心の傷が痛み始めた。

イングランドの民謡の「グリーンスリーヴス」は、母が好きだった曲だ。よく料理をしながら、この歌を口ずさんでいた。子どもの頃、ダイニングテーブルで勉強しながら、夕食を心待ちにしていたのを思い出す。僕と目が合うたびに、母は目じりの皺《しわ》を深くして微笑んでくれた。

今となっては苦しみでしかない母の記憶を振り払うように、腕時計に目を向けた。ここに来てから一時間が過ぎても、ペニーが現れる気配はない。

本気で殺人の共犯者になる気なんてなかったのだ。悩んでいる僕を励まそうとしただけかもしれない。

それとも、僕はペニーの「命の試験」に落ちて、なんの価値もないと評価されたのだろうか——。

もう帰ろうと思ったとき、突然左肩を叩かれた。すぐに振り返ったが、誰もいない。立ち上がって幹のうしろ側を覗くと、虹色の大きなデイパックが置いてある。

背後に人の気配を感じて再度振り返ったが、そこにも誰もいない。ペニーのしわざだと思い、周囲を確認すると、急に芝生の広場が明るく照らされた。

光のもとを探した。右後方に映写機のようにハンディライトが置いてある。ライトの下には角度を変えられるスタンドがついていた。

今度は衣擦れのような音が聞こえたかと思うと、ケヤキの裏からペニーが飛び出してきた。そのまま軽快なステップで進み、ライトに照らされた芝生に立った。

僕はこれから何が始まるのかわからないまま、呆然とペニーの姿を眺めていた。

ペニーは、まるで王子様がお辞儀するかのように、左足を後方に少し引いて、片手を胸の部分にあてて一礼した。

さっきまではただの芝生だったのに、ペニーが現れると緑色に染められたステージに見える。頭上の星さえ、舞台の演出のようだった。

ペニーは「やぁ」と手をあげて、こちらに向かって来ようとするが、途中で透明な壁にぶつかってしまう。

首を傾げたペニーは、もう一度やってみるが、何度やっても壁があり、跳ね返され、左右に移動しても通ることができない。

額に手をあて、しばらく思い悩んだ末、目の前にある見えない壁を確認するように、両掌で交互に触っていく。

本当に透明な壁があるのではないかと錯覚してしまうほど、手の動きは巧妙だった。

ペニーは気を取り直してまた歩き出すが、壁に阻まれる。

苛立ってきたのか、何度も体当たりしてぶつかり、そのたびに跳ね返されて芝生に倒れ込んだ。

大げさに転ぶ姿を見て、僕は思わず笑ってしまった。

ペニーはこちらに来るのを諦めたのか、肩をすくめると、うしろに歩き出したと見せかけて、もう一度壁に向かって体あたりする。すると突如壁はなくなったのか、上体のバランスを崩してつんのめり、最後は前転して立ち上がった。

声を上げて笑っている僕を見て、ペニーが「こっちにおいでよ。一緒にやろう」と手招きする。でも、なんだか恥ずかしくてしばらく黙って見ていた。

また「やれやれ」とでもいうように肩をすくめたあと、今度は困ったように右手を額にあてながら、しばらくうろうろ歩き始めた。急に足を止めると「そうだ」と手を叩き、僕の左手首に紐のようなものを結ぶ真似をした。

ペニーは少し離れた場所から、手首に繋がっている紐を引っ張るような仕草をする。

僕がふざけて手を左右に動かしてみると、ペニーは引きずられるように手を動かした方に移動する。

次は少し手を上げると、ペニーは上空に引っ張られるように腕を伸ばしてつま先立ちになった。手を引いてみたら、まるで綱引きをやっているように引きずられまいと脚を踏張って抵抗する。僕はもっと手を引いてみる。ペニーはどんどんこちらに引きずられてくるが、それでも負けまいと紐を引き返す。

実際に紐があるのではないかと思うほどうまい演技だ。それに比べ、僕は昔から何かを演じるのが苦手だった。

小学校の学芸会で、竹取物語の翁役に選ばれたのだが、何度練習しても台詞は棒読みなうえ、動きはぎこちなく、結局大道具担当だった春一と交替してもらったことがあった。自分以外の何かになるのが気恥ずかしくて、どうしてもうまくできないのだ。

ペニーは手を交互に出して、必死に紐を引っ張っていく。あまりにも真剣に引っ張っているので、僕はしかたなく左手を前に出して引きずられるように傍に行ってみた。目の前まで来た僕を見て、ペニーは腰に手をあてて満足そうに頷いている。

「ようこそ。よく来たね」

いつもの腹話術みたいな話し方でそう言ったあと、握手を求めるように右手を差し出してくる。

その手を握ろうとしたとき、僕はびっくりして悲鳴をあげ、うしろに飛び跳ねるように逃げた。また、おもちゃのカエルが現れたのだ。

ペニーはカエルの腹を押してグゥワァ、グゥワァと鳴らしながら、どこまでも追いかけてくる。

僕が「カエルは嫌だって言ったじゃないか」と眉根を寄せると、キャキャキャッと笑った。

ペニーはカエルを足元に置き、「もう一度」と言いながら、また紐を引き始めた。急に腕を摑まれ、僕は見えない紐を持たされる。

ペニーは、それを「引け」と言わんばかりに顎をしゃくった。

ゆっくり紐を引く真似をすると、遠くから白い風船が舞うように近づいてくる。本当は紐なんてないのに、僕の手の動きに合わせて近づいてくる風船が不思議だった。

目の前まできた風船には、黒のマジックで『元気?』と書いてある。

ペニーはその答えを待っているかのように、黙ってこちらを見ていた。

「元気です」

僕がそう言うのを聞いて、またキャキャッと嬉しそうに笑った。

くだらないけれど面白くて、とても穏やかな夜だった。

ペニーはケヤキを照らすように芝生の上にライトを置いてから、光があたっている場所に腰を下ろした。僕も隣に座る。

辺りには、まだクラシックの演奏が響いていた。

一匹の羽虫が、ライトの周りをくるくる飛んでいる。

「門限はないの？」

そう問われ、僕が「ないです」と答えると、ペニーは「ルールのないファミリーも悪くない」と言った。

もしも幸せだった頃の家族に戻れるなら、厳しいルールがあってもかまわない。ルールが家族の絆を強くしてくれるのなら――。

きっと、今日も家に帰っても誰もいないだろう。自由で気が楽と言えばそうだが、「門限」なんて言葉は愛に溢れたホームドラマの中だけの話に思えた。

「ペニーは家族がいるんですか？」

そう訊くと、ペニーは「いるよ」と答えてから空を指さした。

空には、星々が輝いている。

「住処《すみか》は月、家族はあの星たちだよ」

アイドルみたいなことを言うのがおかしくて、僕は思わず噴き出した。服装だけでなく、どこまでメルヘンチックなのだろう。

僕は面白くなり、質問を続けた。

「月と地球の距離は三十八万キロ以上あるのに、この公園までどうやって来たんですか」

「瞬間移動」

そう言って、ペニーはキャキャッと笑った。

もちろん冗談だ。でも、ペニーなら実際にやれそうな不思議な雰囲気がある。

「君の住処はこの公園から近いの？　それとも宇宙？」

「家は遠いけど、この近くに通っている高校があるんです。いっそのこと僕も月に引っ越したいな」

「地球は住みにくいからね」

「月はいいところ？」

「そうだね。憎しみ、嫉妬、悲しみ、争い、いじめ、そんなものがいっさいない場所だよ」

どうしてだろう……少し声が沈んでいる気がした。

「殺害計画はできた？」

ペニーはまっすぐ前を向いたままそう尋ねた。

唐突に向けられた質問に、胸が高鳴った。

忘れていなかったんだ。あの約束は適当に言ったのではなかったのだ。

僕は慌てて鞄からノートを取り出して渡すと、ペニーは黙って読み始めた。

計画に落ち度はなかったか急に不安になる。受験の合格発表を待つようなそわそわした気持ちになり、ペニーが読み終わるまで意味もなく歩きまわりたい気分だった。

さっきまでの穏やかな雰囲気はなくなり、ふたりの間には緊張が漂っている。

横目でちらりとペニーを見るが、マスクをつけているせいで表情はわからない。今日も瞳には、紫のコンタクトレンズが入っていた。唇にはサーモンピンクの口紅がひかれ、ノートを持つ手もいつものように白い手袋をしている。

長いまつ毛が上下するたびに、不安ばかりが膨らんで気が滅入る。

もしも、こんな計画では共犯者になんてなれない、そう言われたらどうすればいいのだろう。

ペニーがいなくなったら、僕の心は完全に孤独に支配される。深い心の交流なんてないのに、どうしてこんなにも身近な存在に感じるのだろう。ペニーを失うのがひどく怖かった。

親や親友、大切だと思っていたもの全てに裏切られ、心のよりどころを失ってしまったからかもしれない。

この世界には約七十六億の人間がいるというのに、誰とも繋がることができない自分は、どう考えても異質な存在に思えた。

この先誰からも愛されず、必要とされない人間——。

「ひとつ足りない」

ペニーはノートに顔を向けたままそう言った。

僕は少し緊張した声で訊いた。

「何が足りないですか?」

「殺害の実行日」

「それは……僕だけでは決められないから」

「私はいつでもかまわない」

「それなら十一月六日が……」

ペニーは鋭い視線を寄越し、僕の言葉を遮るように声を発した。

「その日まで生きていられる?」

ペニーは、僕の腕に視線を落とした。そこには、竜二に暴力を振るわれたときにできた擦り傷と打撲痕がある。

「あいつに殺されなければ……」

僕は正直に答えた。

お金はもう払えそうもない。塾の特別講習を受けたいと嘘をついて父からもらわなければ、十一月六日まで持ちこたえられない。

「実行日はもっと早い方がいい」

ペニーにそう言われた瞬間、心が濃い霧に包まれ、妙な感情が膨らんだ。

どうしたのだろう……これは嫌悪感だろうか。何が嫌なのだろう。何を戸惑っている?

あいつをやらなければ、ずっと怯えた生活を送らなければならない。一歩間違えれば、ホープボウルの屋上から突き落とされていたかもしれないのだ。

それに、春一や真希のために復讐がしたい。証明してやるって誓ったじゃないか。あいつが死ねば、この世界で安心して生きられる人たちがいる。追いつめられて自殺するくらいなら、あいつを殺せばいいだけだ。

そこまで考えて、心が晴れない本当の理由がわかった。

「ペニー、僕はひとりでやるよ」

一瞬、ペニーの瞳が揺れた気がした。「ペニーには関係ないのに、共犯者にするなんてできない」

そう言ったあと、もうひとりの自分が「何を言っているんだ」と叱責してくる。ペニーに出会えたとき、あれほど心強く思い、嬉しかったのに、僕はどうしたのだろう。頭がひどく混乱していた。

ペニーはデイパックのポケットからボールペンを取り出して、ノートに書き込んだ。

殺害の実行日は三週間後の金曜日、九月二十九日の夜七時。

実行日は三週間後……。

ペニーを巻き込んでしまうという罪悪感と、共犯者になってほしいという二つの気持ちが怒濤《どとう》のように押し寄せ、自分の心なのに何を求めているのかわからなくなる。

「君がやらないなら、私はひとりでもやる」

「どうして？　だってペニーには関係ないじゃないか」

「趣味」

趣味？　意味がわからず、ペニーの横顔を見つめた。

「人間を殺すのが趣味なんだ。どうせ殺すなら悪い奴の方がいい」

「僕の考えた計画では失敗するかもしれないよ」

「私はもう失敗なんて怖くない。そんな感情はない」

「完全犯罪にならなくて、警察に捕まるかもしれないんだよ?」

「それは失敗を意味しない。本当の失敗は標的を殺し損ねること。何かあったときは連絡して」

ペニーはノートに「090」から始まる電話番号を書いたあと、すっと立ち上がって僕を見下ろした。

ライオンのように逆立った深紅の髪が夜風に揺れている。

頭上では星が輝いているのに、西の方から分厚い灰色の雲が流れてくる。

「殺害の実行日は三週間後の金曜日、九月二十九日の夜七時。その日、私は実行する」

ペニーは確認するようにそう言った。

どうせやられるなら、やり返せばいい。でもペニーは巻き込みたくない。だけどひとりじゃできない。心の中を探ろうとすればするほど霧の中から別の感情が現れて、また姿を消す。結局、どれが自分の本心なのかわからなくなった。

自宅の最寄り駅で電車を降りると、いつも足が重くなる。

暗い気持ちを反映しているかのように、星空は暗雲に覆いつくされていた。

どれだけゆっくり歩いても、五分もかからずに僕が住んでいるマンションに着いてしまう。

帰るのが嫌だった。３ＬＤＫのどの部屋にもいい思い出なんてないからだ。だからといって、他に行ける場所はない。

集合ポストからチラシや葉書、封筒などを取り出してからエレベーターに乗り、十八階のボタンを押した。

ピザ屋などのチラシやダイレクトメールばかりの中、茶封筒が交じっているのに気づいた。

宛名には住所の記載はなく、『時田祥平様』とだけ書いてある。

筆圧が強く、右肩上がりの字に見覚えがあった。

封筒の裏面には聞き慣れた社名と店舗名が印字されている。

嫌な予感を覚えながら開けると、一万円札が三枚入っていた。思わず重たいため息が漏れる。

封筒は、中学の頃から春一が新聞配達をしているバイト先のものだった。宛名の字は春一に違いない。

今さら何がしたいんだよ……。

僕が竜二から目をつけられるようになったのは、春一にも原因があった。春一が僕を陥れたせいで、こんな辛い目にあっているのだから。

この金は、詫びのつもりなのかもしれない。きっと、竜二から金を巻き上げられていることを誰かに聞いたのだろう。

封筒に切手を貼ってないから、マンションまで来たのだ。そのとき、僕と鉢合わせしたらどうするつもりだったのだろう。

妹を傷つけられ、他に方法がなかった春一の気持ちはわかるけれど、今さら卑怯じゃないか。

裏切られた悔しさや寂しさだけでなく、春一の狡猾なやり方に憤りを覚えた。金の入った封筒を入れるなら、徹底的に自分だとわからないようにすればいい。それなのに、バイト先の社名が入った封筒を使うのはずるい。

自分は迷惑を被るのは御免だが、お前のことは気にかけているよ。そんな思いやりはいらない。

そう切り捨てる一方で、少しでも心配してくれている、かつての親友の気遣いを嬉しく

いと思ってしまう。

中途半端な優しさのせいで、完全に憎めず、やっぱり春一のためにも竜二に復讐をしたいと思ってしまう。

物語でいうなら、きっと僕は最初に殺される役だろう。人にいいように使われて、主要な人物たちに踊らされ、命をかけて悪を倒しに行って自滅する。どれほど願っても、僕には平和が訪れた世界を見ることはできない。

玄関のドアを開けた瞬間、愕然として立ちすくんだ。

リビングのガラスドアから灯りが漏れている。

慌てて腕時計を見ると、数分で日が変わろうとしていた。今までこんなに遅くなることはなかったのに、どうしてこういう日に限って帰宅しているのだろう。

リビングの前を通り、自分の部屋へ向かおうとすると、部屋から出て来た父に腕を強く摑まれた。

父は無言のまま、僕を無理やりソファに座らせた。

正面に座った父は平静を装っているのか、乱暴な行動とは裏腹に表情は穏やかだった。

「いつもこんなに遅いのか」

「そっちだっていつも遅いじゃん。遅いどころか帰って来ない日がほとんどのくせに」

「父さんは仕事だからしかたないだろ」

父は気持ちを落ち着かせようとしているのか、ゆっくり息を吐き出した。

「だから内部進学すればよかったんだ。あんな高校に行くからレベルの低い生活しか送れなくなる。もう高校生なんだぞ。しっかり自分の将来を見据えて、夢や行きたい大学を見つけて、それに向かって努力しなさい」

父は間違っていない。あの高校を選ばなければ、竜二には会わなかったはずだ。だから相談できなかったのだ。

「自分の人生くらい、自分で責任取るから。心配してもらう必要はないよ」

「親に反抗するのはかまわない。だけど、他人や自分の将来を傷つける行為はするな」

「笑える。他人を傷つける行為はするな？　不倫して離婚して、家族を傷つけたくせに。ああ、他人じゃないから、家族だから傷つけてもいいのか」

僕の皮肉にも動じず、父は諭すように言った。

「その件に関して父さんは何度も謝った」

「謝ってなんでも許されるならいいよね。もし僕が人を殺しても謝ったら許してくれる？」

父はぎょっとした表情をみせた。

「バカなことを言うな。人の命を奪って許されるはずないだろ」

「父親が不倫して、母親は男を作って出て行って、あんたの不倫相手には邪魔者扱いされて、もし息子が絶望して死んだら……あんたは僕が自殺しても許してくれる？　殺すってさ、他人だけじゃないんだよ」

父は言葉を探しても出てこないのか、唇を真一文字に引き結んだ。

もし僕が人を殺して犯罪者になったら、父と母はどう思うだろう。自分たちを責める前に、きっと生まなければよかったと後悔するはずだ。

正解だよ。いらない子なんて生むなよ――。

竜二を殺せば、あんたは加害者の父親になる。どこにいるかわからない母親もそうだ。

今回の殺害計画は、ふたりに対する復讐にもなる気がした。

「しっかりした考えも言葉も持ち合わせていないくせに、説教なんてするなよ」

僕が立ち上がり、リビングから出て行こうとしたとき、父は静かな声で言った。

「祥平、人は絶対に殺すな。それから、自分の命も奪うな」

この世からいなくなりたかった原因のひとつは、あんたたちのせいじゃないか。そう言ってやりたかったけれど、もう何も話したくなかった。

自分の部屋に入り、灯りをつけずにベッドに倒れ込んだ。

何も恐れることはないよね。

もしペニーが警察に疑われたら、僕はひとりで実行したと書き記した遺書を残して自殺すればいい。

人が何人か死んでも世界は変わらない。

いじめはこの世からなくならない。

あの計画を実行すれば、もうあと戻りはできない。世界は変わらなくても、僕の世界は終わる。

第四章　決断

プリンターが苦しそうな音をたて、数枚の写真を吐き出した。

俺は秒針の音だけが響く静かな部屋で、三十二名の中学生が写っている写真を眺めた。茂明の担任が送ってくれた卒業アルバムをスキャンし、集合写真と個人写真をプリントアウトしたものだ。個人写真の下には、それぞれの名前が記載されている。名前と顔を一致させるには都合がよかった。

今日は平日だったが、有給休暇を取り、茂明のクラスメートについて調べようと思っていたのだ。

秋絵が保存していたフォトアルバムも確認していく。

ふと、茂明と一緒に写っている、ある少女の笑顔が目に飛び込んできた。保護フィルムをはがし、写真を手に取る。

当時、中学生だった少女は、まだあどけなさが残る顔で微笑んでいた。男の子のようなベリーショートで、頬はほんのり赤い。

運動会のときの写真だろうか、額には赤いハチマキをしている。今見ても変わらず、利発そうな子だった。

かつて一度だけこの少女、二階堂麻美《にかいどうあさみ》に会ったことがある。

茂明が自殺したあと、「いじめはあった」と教えてくれた生徒が何人かいたが、彼らは後に「勘違いだった」と証言を翻した。それに納得できなかった俺と秋絵は、生徒の家に出向き、なぜ証言を変えたのか教えてほしい、と頼み込んだ。けれども、真相を話してくれる生徒は誰ひとりいなかった。茂明の死と生徒たちの間にはなんらかの脈絡があるはずなのに、それを掴むことができなかった。

茂明について話したいことがあったとしても、当時は言えなかったのではないだろうか。なぜならば、余計なことをしゃべれば、次にいじめの標的にされるのは自分だからだ。

秋絵を亡くしてから半年以上が過ぎた頃、まだ精神的には憔悴しきっていたが、少しだけ前向きに物事を捉えられるようになり、俺はもう一度、茂明の死の真相を探ろうとした。中学の頃は難しかったかもしれないが、高校生になれば、本当のことを話してくれる生徒がいるのではないか、そう期待したのだ。

茂明のクラスメートだった生徒の家に、一軒一軒電話をかけ、茂明の自殺の原因について心あたりはないか尋ねた。けれども、誰も真相を教えてくれなかった。親が対応し、電話に出てくれない生徒ばかりだったのだ。それどころか、名前を名乗っても茂明のことを忘れている者もいた。しかたないことかもしれない。今いる環境が楽しければ、忌まわしい記憶など消し去りたいのが普通だ。

決め手となる証拠はなく、万策尽きた俺は鬱々とした感情を抱えたまま、死んだように生きるしかなかった。そんな諦めていた心にふたたび火が灯り、生きる気力が湧いてきたのは、ライフセーブの集いの掲示板で出会ったハギノのおかげだ。ハギノから話を聞けば、茂明を自殺に追いやった生徒を特定できる可能性が生まれたのだ。

これから重大な決断をしなければならない。その前に、できるだけ多くの情報がほしかった。今は憶測の域を出ないため、ハギノ以外からも、もう一度情報を集めてみようと考えた。

茂明の自殺から三年近くの月日が経とうとしていた。麻美は、当時のことをどれだけ覚えているだろうか――。

茂明が生きていれば、今は高校二年生になっていたはずだ。

中学のとき、「いじめはあった」と証言してくれたひとりが、ルーム長の麻美だった。

茂明が通っていた学校は、受験のない公立中学だった。通学区域ごとに行く学校が決められていたので、中学に進学しても同じ小学校出身者が多くいた。

俺の家から歩いて三十分ほどのところに麻美の家はある。

秋絵から聞いていた話では、麻美の父親は製薬会社に勤めていて、母親は専業主婦だそうだ。小学校低学年の頃、茂明は麻美と同じクラスだったという。秋絵は、参観日に麻美の母親と隣同士になり、親しい時期があったらしい。

テーブルの上には、血まみれのノートが一冊置いてある。表紙をめくると、血を吸い込んだ紙は赤黒く変色していた。ノートには血文字で「こいつらを呪う」と書いてある。その下に書かれた文字は、「中」と「二」という字しか読めない。

個人写真の名前から、「中」と「二」が使われている生徒を確認し、彼らの写真を赤色のボールペンで囲った。

川崎竜二

中居久人

中野直紀

二階堂麻美

二村ミカ

この中の三名について、気になることがあった。

俺は一通り生徒の名前と顔を確認したあと、麻美の家まで足を運んだ。

もう夕方なのに暑さは衰えず、西日が歩道に強く差し込んでいる。

閑静な住宅街を歩いていると、十二月の寒空の下、秋絵と一緒に麻美の家に行った日を思い出した。それは茂明が亡くなった一ヵ月後のことだった。

玄関先で、麻美の母親に「娘さんに会わせてください。いじめの真相が知りたいのです」と懇願するも、「娘は具合が悪いので帰ってほしい」と頭を下げられた。けれども、俺たちの切羽詰まった声が聞こえたのか、麻美は玄関まで出てきてくれた。

何か話してくれるのかと期待に胸を膨らませ、涙が出そうなほど嬉しかったが、麻美は「この前話したことは勘違いでした」と小声で言って、逃げるように部屋に戻ってしまった。その帰り道、泣き出しそうな秋絵の手を握ると、驚くほど冷たくなっていた。追い打ちをかけるように降り出した雪のせいで、言葉まで凍てつき、俺たちは黙ったまま歩き続けたのだ。

うだるような暑さの中、額に浮かんだ汗を手の甲で拭うと、俺は見覚えのある庭つきの一軒家の前で足を止めた。

家は大きな三階建てで、一階部分は駐車場になっているが、今は車がなかった。真っ白な壁が、夕日色に染まっていた。

室内からはカレーの匂いが漂ってくる。母親が、これから帰ってくる家族のために夕食の準備をしているのだろう。

二階堂家が俺の家庭を崩壊させたわけではない。それなのに腹の底から悔しさが込み上げてくる。同じ人間なのに、なぜこんなにも苦しみの量が違うのだろう――。

相手のことなんて何も知らないのに、妬む気持ちが頭をもたげる。

麻美の親に会えば、また追い返される気がして、近くにある空き地で待つことにした。家が一軒建つくらいの空き地には、背丈の低い雑草が生えている。

空き地はここから一番近い駅から、麻美の家に行く途中にあった。もし電車通学なら、この前を通るはずだ。

辺りに人影はなく、ひっそりと静まり返っている。空き地の隅には、薄汚れた空のペットボトルが転がっていた。

俺は鞄から写真を取り出して、もう一度よく眺めた。

中学の頃と雰囲気が変わっていたら気づけないかもしれない。変わらないであろう鼻や口などのパーツを目に焼きつけた。

腕時計の針が六時半をまわろうとした頃、セーラー服姿の高校生が目の前を通り過ぎた。手に持っているスマホを見ながら、のんびりした足取りで歩いて来る。

俺は慌てて駆け寄って声をかけた。

「二階堂麻美さんですか?」

麻美は少し警戒した表情で「そうですけど」と頷いた。

彼女は中学の頃とほとんど変わっていなかった。相変わらず髪は短く、活発そうな雰囲気がある。

「中学のとき、あなたと同じクラスだった風見茂明の父です」

麻美は「あぁ」と表情を一瞬和らげたが、またすぐに険しい顔つきに戻った。

「茂明について、どうしても訊きたいことがあるんです」

「私は……特に何も知りません」

「でもあのとき、あなたはうちの妻に『いじめはあった』と話してくれたんですよね」

「それは勘違いだったと言いました」

「何を勘違いしていたのか、それを教えてもらえませんか」

麻美が息を呑んだのがわかった。

「それは……怖かったから……」と、しどろもどろになりながら答えた。

「何が怖かったんですか？」

「茂明君のお母さんが『いじめはあったんですよね』って私の腕を強く摑んだから、怖くて思わず『はい』って答えてしまったんです」

確かに、あのときの秋絵は普通ではなかった。もしかしたら、少し強引なやり方で真相に迫ろうとしたかもしれない。けれども、何か腑に落ちないものがある。

いくら相手が怖いからと言って嘘の証言をするだろうか――。

俺は疑問を投げかけた。

「それなら、どうしてあなたは『勘違いだった』と言ったんですか」

麻美は、困惑顔で首をひねり「それは……」と語尾を濁らせた。「ごめんなさい。私は茂明君について本当に何も知りません」そう言うと逃げるように走り出した。

俺は麻美の正面にまわり込み、気づけば土下座をしていた。

アスファルトに額をつけたとき、心がずきんと痛むのを感じた。あのとき、土下座した秋絵の気持ちを理解しているつもりだった。けれども、その一方で、そんなことまでして、と冷静に思う自分もいた。

俺たち夫婦は同じだけの苦しみや悲しみ、怒りを抱えていると思っていたが、それは思い違いだったのかもしれない。

「お願いします。茂明に何があったのか教えてください」

「また裏切るんですか?」

麻美は、責めるような声でそう言った。

俺は意味がわからず、土下座したまま顔を上げた。麻美は今にも泣き出しそうな顔をしている。

「茂明君のお母さんは、絶対に誰にも言わないから教えてほしい、って言ったのに、学校に告げ口したじゃないですか」

「でも、君の名前は言っていない」

俺は動揺して声が裏返った。

「あのあとから、教室では犯人捜しが始まったんです。みんなぎすぎすし始めて、疑心暗鬼になって……」

「あなた以外にもいじめはあったと証言してくれた生徒がいました。茂明をいじめていたのは誰なんですか?」

「どうしてそうやって自分のことばかり考えるんですか! 真相を知るためなら人を殺してもいいんですか?」

「殺すって……どういう意味ですか?」

「篠原大和君が自殺したのは、茂明君のお母さんが原因だと思います」

目の前が微かに暗くなった。

俺は頬が引き攣りそうになり、慌てて顔を伏せた。そのまま身体が地面と同化したかのように固まってしまう。

しばらく逡巡した。嫌な予感が胸に広がっていく。篠原大和に、秋絵は何かしたのだろうか。秋絵は、大和が自殺する一年前の十一月六日にすでに亡くなっているのに、どういうことだろう——。

「妻が原因だというのは、どういうことですか」

「何も話したくありません」

「二度と他言はしません。約束します」

「そんなの信じられません」

「ご存じかもしれませんが、息子のいじめに気づけなかった自分を責めて妻は自殺しました。今さら真相を確かめたところで、もう息子も妻も戻りません。でも、息子がどんな思いを抱えて死んだのか、どれほど辛く、悔しいことがあったのか、どうして自ら命を絶たなければならなかったのか、その真相が知りたいんです」

麻美の目にはうっすら涙が溜まっていた。唇が微かに震えている。

俺は地面に額をこすりつけ、「ここで聞いた話は絶対に人に言いません。もし、それを破ったときは命をとられてもかまいません」、そう告げた。

麻美は周囲に目を走らせたあと、空き地に入り、足を止めた。

俺はすかさず立ち上がり、彼女のそばに駆け寄った。

「茂明君が自殺したあと、机の中に『みんなが犯人です』という紙が入っていたんです。茂明君はいじめられていたのに、みんなは見て見ぬ振りをしました。『みんなが犯人です』という紙を見たとき、傍観者も罪になる気がして……だから私たちは、この問題が大きくならないようにしたかったんです」

麻美はため息をついたあと、小声で続けた。「中学の頃、クラスの裏サイトがあったんです。アドレスは入学して間もなく、友だちからメールで送られてきました。そのサイトに悪口を書かれたら、たとえ偽の情報だとしてもクラスでハブられたりするから、みんな裏サイトを気にして、一日に何回も見ていました。茂明君が自殺したあと、『いじめがばれたら希望の高校へは行けなくなる』と書き込む人が多くなり、それに賛同するように『確かにすごいマイナスになる』という声が増えたんです。私たちは初めての受験だったからよくわからなくて、いじめがばれたら本当に志望校に行けなくなると思っていました。だんだんと自殺した茂明君が悪いんだ、っていう書き込みが増えるようになり、次は『いじめがあったことを話した生徒が悪い』と書かれるようになったんです」

「先生には相談しなかったんですか」

偉そうなことを言える立場ではないが、声を振り絞って訊いた。

「先生に言いつけたのがばれたら、辛い目にあうからできませんでした。疑いをかけられてサイトに名前をあげられた生徒は、次の日みんなから『お前のせいで高校に行けなくなる』と責められて、上履きを隠されたり、給食に虫の死骸を入れられたりして……。みんな自分がターゲットにならないように気をつけていたし、常にクラスメートの顔色を窺いながらの生活は苦しかった。その頃、『大和君が、茂明君のお母さんからお金をもらっているのを見た』という書き込みがあったんです。もしかしたら、それは嘘なのかもしれないけど、みんな自分に疑いの目を向けられるのが嫌で、大和君を悪者にして無視し始めました」

いや、実際に篠原大和は秋絵から金を受け取り、中野直紀が犯人だと教えてくれた。けれども、俺はそれには言及せず、話の続きを待った。

麻美は思い出すのが辛いのか、苦しそうに息を吐いてから話し出した。

「そんな状態でしたから、高校生になれたときは誰もが安堵しましたんです。でも、高校一年の頃、どこかのウェブサイトのアドレスとパスワードが送られてきたんです。それは私だけじゃなくて、中学のクラスメートみんなに送られてきたようです。アドレスにアクセスすると、『篠原大和について』というサイトが表示されました。そこには『篠原大和には、中学のクラスメートをいじめて自殺に追いやった過去があります。いじめの首謀者だったのに、それを他の生徒のせいにした最低なゲスです』というような内容が書かれていました」

「本当に大和君が首謀者だったんですか？」

麻美はかぶりを振ってから続けた。

「サイトには個人情報や家族の悪口も書かれていて、そのせいで大和君は高校でもいじめられていたそうです」

「大和君の通う高校の同級生たちにも、誰かがアドレスを教えたんですか？」

麻美は唇を嚙みながら「はい」と頷いた。

「大和君と同じ高校に行った子から教えてもらったんです。大和君のクラスメートの誰かが担任に報告したらしく、学校では問題になりましたが、サイトは消されていたそうです」

中学のクラスメートたちにアドレスを送ったのは、俺がまだ自殺の真相を探っていたため、「茂明について余計なことを話したらお前たちもこうなる」という見せしめのためだったのだろう。用意周到な人物像が浮かび上がる。サイトを作った人間が、いじめの首謀者の可能性が高い。

「ボウリング場があった建物で、大和君が自殺したのは知っていますか？」

麻美にそう訊かれ、俺は無言で頷いた。

「大和君が自殺したのは、やっぱり茂明君のお母さんのせいだと思います。犯人捜しなんてしなければ、こんなことには……」

今思えば、担任が自殺の原因を深掘りしなかったのは、保身だけではなかった気がする。だから、犯人の名を尋ねるのは心苦しかった。けれども、うやむやにはできない。

俺は焦燥感に駆られ、核心に迫った。

「茂明をいじめていた首謀者は誰ですか？　大和君のサイトを作ったのも同じ人物なのではないですか？」

麻美は下を向いたまま答えようとしない。

俺が責められるならまだしも、あれほど苦しんだ秋絵が悪いと言われ、悔しさと悲しみの感情が大波のように押し寄せてくる。

「大和君が自殺したのは妻のせいではありません。茂明と大和君を自殺に追い込んだのは、きっと同一人物です。サイトを作った人物がいじめの首謀者なのではないですか。違いますか？」

エンジン音が聞こえ、空き地の前の道を見ると一台の車がとまった。車の窓が開き、四十代半ばの男性が声をかけてきた。

「麻美、どうしたんだ？」

男性は、すぐに車から降りた。

近づいてきた男性は、訝しげな表情で訊いた。

「この人は麻美の知り合いか？」

麻美は、いじめのことを親に知られたくないのか早口に答えた。

「道を尋ねられただけだよ。お父さん、今日は早かったね。帰ろう」

父親は眉根を寄せて、娘の背中に手をまわした。

「とにかく車に乗りなさい」

麻美は、父親に促されて車に乗り込んだ。

俺は黙ってふたりの背中を見送るしかなかった。ここで事を荒立てたら、二度と麻美に接触できない気がした。

車が走り出す音と共に、どこからか「お父さん」という声が聞こえてくる。

それは茂明の声だった。息子が生きていれば、会社帰りに偶然駅で会うこともあっただろう。茂明が手を振りながら「お父さん、今日は早かったね」と近づいてくる幻影が見えた——。気づけば、涙が零れていた。

俺は拳を強く握った。

茂明をいじめていた相手は、高校生になっても大和を追いつめた。ネットを使えば、違う高校に通っていても二十四時間いたぶることができる。どこかで、なんて便利な世の中だ、と笑っている気がする。

真っ黒な憎しみの感情が、胸の中にじわじわ溜まっていく。

二度といじめができないように、息の根を止めてやりたい。

俺はポケットに入れた紙を取り出して広げた。それは中学のクラス名簿をコピーしたものだ。数人の名前に赤いラインが引いてある。彼らは「いじめはあった」と証言してくれた生徒たちだ。徹底的に調べ上げて、今度こそ真相を究明したい。

もう学校や警察には頼らない。誰にも情報はもらさない。自分ひとりの力で決着をつけてやる。


腕時計に目を向けるのは、これで何度目になるだろう。

午後の三時を過ぎた辺りから、時間が気になってしかたなかった。

これからハギノと会う約束をしていたのだ。

俺は終業時刻の五分前になると、机の上の書類を片づけ、床に置いてある鞄の中に携帯を入れた。何か書くものが必要だと思い、ノートとボールペンも入れておいた。

退勤の時間を打刻するために、タイムレコーダーの前に立って時刻を見ていると、ドアが開いて丸山が入って来た。

「あれ、もう帰るんですか？」

丸山は不貞腐れた顔つきでそう言いながら、壁に立て掛けてある折りたたみのパイプ椅子を広げて、おもむろに腰を下ろした。

「うちの会社、宅配サービスも始めるみたいなんです。これから企画会議に出ないといけなくて、もう疲れちゃうなぁ」

食の安全を第一に考えたコントロールライフの宅配なら、子どものいる家庭や高齢者にも利用してもらえるかもしれない。下火になっているイートインよりも、未来は明るい気がした。

「本当にしたい話はなんだ？」

俺がそう尋ねると、丸山は驚いたようすで「俺の心を勝手に読まないでくださいよ」と気まずそうに笑った。

「風見室長ってエスパーみたいですよね。この前だって、越谷さんの体調が悪いことに気づいたし。あのあと、『室長って寡黙だけど、優しい方ですね』って、べた褒めするから嫉妬しちゃいましたよ」

不貞腐れていた理由がわかって、思わず微笑ましくなった。

「これから予定があるんだ。用事があるなら早く言えよ」

丸山は「別に用事ってわけではないんですけど……」と、曖昧に呟いている。

俺は時間になったのでタイムカードを打刻してから「それなら、また明日な」と言ってドアに向かった。

「待ってくださいよ。あの……風見室長は越谷さんをどう思いましたか？」

その声はいつものふざけた口調ではなく、硬い響きがあった。

半年前、丸山は恋人に浮気された挙句、金を持ち逃げされたらしい。それ以来、少し女性不信になっているようだった。

約束の時間まで一時間しかないため、俺は時計を気にしながら言った。

「いい子だと思うよ」

「どうしてそう思うんですか？」

「会社の袋が二種類あるから、どちらがいいか尋ねたとき、『在庫が多い方をお願いします』って言っただろ。気遣いのできるいい子だと思ったよ」

緊張した表情で聞いていた丸山は、顔をほころばせた。

ドアを開けると、うしろから「風見室長、ありがとう」という声が聞こえた。

丸山に軽く手をあげてから、エレベーターまで足早に歩いた。

秋絵と出逢った頃は、いつも彼女のことで頭がいっぱいだった。一番知りたかったのは、世界情勢でも経済の動向でもなく、秋絵のことだった。

楽しかった記憶を思い起こすたびに、胸を抉《えぐ》られたように苦しくなる。妻子の笑顔の記憶と一緒に、必ず顔を歪めて泣く姿も現れるからだ。

エレベーターに乗り込み、一階で降りた。足早にエントランスを抜けて、駅に向かって歩き出す。

待ち合わせの場所は、会社の最寄り駅から電車で四十分ほど行ったところにあるファミリーレストランだった。

急いで改札を抜け、階段を下りてホームに出ると、ちょうど下り電車が到着した。車内の席は全て埋まっていて、ひどく混み合っている。

スーツ姿の男女や制服姿の高校生が多くいた。

ここ数日、有給休暇を取り、茂明の当時のクラスメートに訊き込みをした。けれども、めぼしい情報は得られなかった。高校生になってからも、大和が標的にされたのを知っているのか、中学時代のことは誰も語ろうとしなかった。

麻美の制服を見て、どこの高校に通っているのかわかったので、学校の近くで待ってみたが、結局会えなかった。

しばらく乗車していると目の前の席が空いたので、そこに腰を下ろした。

次の駅でどっと人が乗り込んでくる。扉付近に立っている男子高校生に目を向けた。こちらを向いて立っていたが、俯いていたので、長い前髪に隠れて顔は見えなかった。彼は『パントマイム入門』という本を熱心に読んでいる。腕には、擦り傷らしきものと打撲痕があった。

ふいに、茂明の身体にあった打撲傷のことを思い出して奥歯を強く噛みしめた。

目的の駅に着いたのでホームに降り、改札口に続く長いエスカレーターに乗った。

茂明を亡くしてから、息子と同じ歳くらいの少年につい目がいってしまう。彼らが悲しそうな表情をしていれば、親でもないのに声をかけたい衝動に駆られる。茂明を守れなかった後悔が、そうさせるのかもしれない。

駅前の信号を渡り、大通りをまっすぐ歩いて行くと、背の高い内照式のオレンジの看板が見えてくる。ファミリーレストラン業界でトップの座を占めている企業の系列店だった。

急に不安になり、鞄から携帯を取り出して確認したが、誰からもメールは届いていない。待ち合わせの五分前だった。

ハギノは、実際に会ったこともない人間との約束を守るだろうか——。

駐車場を抜けて店の入り口に向かおうとしたとき、高校生くらいの少女がドア付近に立っているのに気づいた。

白いシャツの上に紺と緑のチェック柄のベストを着ている。スカートもベストと同じ柄で、襟元には無地の青色のリボンをつけていた。左胸にあるエンブレムには鳥と地球の絵が描かれている。それは県内でも有名な進学校の制服だった。

少女はこちらに向かって軽く頭を下げた。

艶のある長い髪、切り揃えた前髪の下にある目は大きく、くっきりとした二重だった。唇には艶やかなグロスが塗られている。学校案内のパンフレットに載っているような、潑《はつ》剌《らつ》とした少女だった。

「罪親さんですか？」

「ハギノさんですか？」

俺は驚いて、訊き返した声が大きくなってしまった。

少女はぎこちなく笑顔を作って頷いた。

メールの文では「ボク」と書いてあったので、てっきり男の子だと思い込んでいた。

俺の気持ちを察したのか、ハギノは申し訳なさそうに言った。

「メールで『ボク』と書いていたから、勘違いさせてしまったようですね。すみません」

ハギノは少し頭を下げてから言葉を継いだ。「ネットは誰が見ているかわからないから性別をごまかしたんです。でも、個人的なメールではちゃんとお伝えすればよかったですよね」

俺はかぶりを振り、ドアを開けてハギノを中に通した。

夕食時だったが、店内はそれほど混んでいなかった。三十代半ばの女性と低学年くらいの男の子、髪を明るい茶色に染めた二十代の四人組、古希にまもなく手が届きそうな眼鏡をかけた男性などがいた。

店員に窓際の席に案内されたが、俺は壁際の奥の席が空いているのを確認してから、席を変更してもらった。

窓際に座れば、ハギノの同級生に見られる可能性がある。俺と一緒にいるところを見られて、悪い噂が立ったら厄介だと思ったのだ。

四人掛けのテーブルに向かい合って座った。ハギノはメニューを手に取り、こちらに渡してくれた。

「ここは通っている高校からは遠いので、心配しないでください」

ハギノは屈託のない笑顔でそう言った。

朗らかに笑う姿を見て、自分の勝手な思い込みに気づいた。

いじめられている人間は醸し出す雰囲気が暗く、おどおどしていると決めつけていた。

息子だってあんなにも明るかったのに……だからこそ気づけなかったのだ。苦い思いが込み上げてくる。親を気遣う優しい子だからこそ、どれほど辛い目にあっても、平静を装っていたのだろう。

目の前にいる少女には、人に嫌われる要素が見あたらない。いや、だからこそ彼女のような子を気に入らないと思う人間がいるのかもしれない。

テーブルにあるチャイムを押して、アイスティーとコーヒーを頼んだ。他にも何か頼まないかと訊いたが、ハギノは食欲がないのでと断った。

店内には、静かなクラシックが流れている。

何から尋ねようか迷っていると、ハギノは鞄からスマホを取り出した。

それを操作したあと、気まずそうに画面をこちらに見せてくる。

ネットの掲示板のようだった。

黒い背景に、赤い文字。画面の一番上には『制S学園高校』と書かれている。その隣には、歯を剝き出しにした血まみれのウサギが笑っていた。

きっと、タイトルはハギノが通う高校のあて字だろう。

「学校の裏サイトです。半年くらい前に、このサイトのアドレスとパスワードがメールで送られてきました。私はクラスメートたちからＳＰＹって呼ばれているんです」

ハギノはそう説明しながら、画面をスクロールしていく。

そこには目を疑う内容が書き込まれていた。

——二年二組SPYへの願い。絵馬だと思ってどんどん書き込もう！

——いつ死ぬんですか？　早く死んでください。みんな心待ちにしているんだからガンバレ。

——今度の試験で十位以内に入ったら、あの写真晒そうかなぁ。どんなに勉強ができても人生は終わり！

——写真って何？　もしかして教師と付き合っている証拠写真？　あの噂は本当だったの？

——それって物理の石黒のこと？

——どうでもいいけど、毎朝教室に入ってくるとがっかりするんだよね。だってまだ生きてるんだもん。

店員が「お待たせいたしました」と言いながら、テーブルに飲み物を置いた。

ハギノは慌ててスマホを隠すように鞄の中にしまい、店員が立ち去るまでずっと顔を伏せていた。

唐突にハギノの姿がぶれ、俯いている姿が茂明とオーバーラップした。息子も同じように苦しんでいたはずだ――。

茂明は泥のついたクリームパンを食べさせられ、「臭いから死ね」と言われて、バケツの水をかけられたという。

親に心配をかけないように、どこかで濡れた身体を乾かしてから帰宅したのだろう。それを思うと、いたたまれない気持ちになる。

「こういう暴言には、もう慣れました」

そう苦笑するハギノの肩は、とても華奢だった。なんでもないふうを装って、アイスティーを飲んでいる姿が痛々しい。

「親御さんには相談しないんですか?」

俺が訊くと、ハギノの顔色が急に変わった。

「絶対に言えません。私が悪いことをしてしまったから……」

ハギノは、ライフセーブの集いが運営している掲示板に「学校へ行くのが辛い」「クラスメート全員から口をきいてもらえない」「みんなに死んでほしいと思われているから、そうしようか迷う」という書き込みをしていた。けれども、いじめの始まりに触れた内容はなかった。

そもそもいじめのきっかけを本人が認識しているかどうかわからない。それを尋ねるのは「あなたが原因を作ったのではないか」という、責めるような意味合いが含まれている気がする。俺はうまく話を進められず、考えあぐねてしまう。

茂明を亡くしてから、つい深く考え込んでしまう癖がついた。それで物事がよい方向にいけばいいのだが、結局人間関係をぎくしゃくさせるだけだった。

いつもより苦く感じるコーヒーを一口飲むと、ハギノは辛そうに口を開いた。

「高校に入学して、最初に話しかけてくれたのが同じクラスのアリスでした。私は引っ込み思案だったので、積極的に声をかけてくれたのが本当に嬉しかったんです。偶然、見ているドラマや好きな芸能人が同じだったのもあって、すぐに仲良くなれました。移動教室のときも、お昼も、トイレもいつも一緒に行って、私はアリスが傍にいてくれるだけでとても心強かったんです。彼女は勉強もスポーツも得意で、男子とも気兼ねなく話せて、クラスメートからも一目置かれていました。でも……私は騙《だま》されたんです」

ハギノの目には、うっすら涙が浮かんでいる。

「私の父は最近、体調を崩して仕事も休みがちになり、そのせいで、スマホ代を出してもらえなくなったんです。母からは、使いたいなら自分で払いなさい、って言われていました。だから、学校から『バイト許可書』をもらって、土日にファストフード店でバイトを始めたんです。アリスから土日に遊ぼうと誘われても約束できなくて……そんなとき、手っ取り早く稼げるバイトがあるって教えてもらったんです」

しばらく沈黙が続いたあと、俺は言い淀んでいるハギノに訊いた。

「どんなバイトだったんですか?」

「今みたいな感じです。学校が終わったあと、こうやっておじさんとお茶とか飲んで、相手の愚痴を聞いて、それだけで一万円になるんです。ファストフードのバイトだと六時間働いても五千円くらいにしかならないのに、たった二時間で一万円ももらえるんです。高校になってから勉強も難しくなってきたし、アリスからも『こんなのみんなやっていることだから大丈夫だよ。時間を有効に使って勉強をがんばればいいじゃん』って言われて、私もその気になったのですが、裏の仕事があったんです。普通はどこかのお店に入って、お茶を飲んでいればよかったのに、相手が大手企業の管理職や学校関係者、公務員だったときはホテルまで誘ってほしいって頼まれるようになって……。なんのためか訊いたら、写真を撮って、お金をゆするんだって」

「それを実際にやったんですか?」

咎めるつもりはなかったが、ハギノは少し険しい表情になって「はい」と答えた。

「でも、ホテルに一緒に入っただけです。お茶を飲んでいたときは思わなかったけど、これは犯罪なんじゃないかって怖くなって、アリスにもうやめたいって頼んだのに……」

「やめさせてもらえなかった?」

ハギノは、かぶりを振った。

「アリスは笑顔で『いいよ』って言ってくれたんです。あのときは、やっぱり親友だと思いました。でも、次の日に呼び出されてカフェに行ったら、ガラの悪そうな男の人と一緒にいて、その人に写真を何枚も見せられたんです。それは私がこれまでホテルで会った男の人たちとの写真でした。私の裸の写真もありました。前にアリスから紹介された大学生と付き合っていたんです。たぶん、アリスの手先だったんだと思います。男に『この仕事をやめたら、写真をネットにばらまくからな。一度、ネットに写真をばらまかれたら一生消えない。この先、就職も結婚も難しくなるかもな』って笑いながら言われて……もうどうすればいいのかわからなくて……」

「そのバイトは、今も続けているんですか」

「続けています。親には相談できないし、ネットに写真を載せられたら高校は退学になってしまう。将来も全部だめになってしまうから」

きっと、女子高生を餌に違法なビジネスをしているのだろう。

ハギノは眉をひそめて言った。

「あの男は、『あんたみたいな身持ちの堅い、保身的な人間は写真一枚で言いなりになるから使いやすい』って笑っていました」

「その男が首謀者ですか？」

「違います」

「掲示板にケーキ屋のN・Nにいじめられていると書いていましたが、もしかしたら、その人物の仕業ですか」

ハギノは、言葉なく頷いてから言った。

「あいつがこの仕事をアリスに勧めているんです。もしかしたらアリスも何か脅されているのかも」

「首謀者の名前を教えてもらえませんか」

そう尋ねると、ハギノの表情は一変した。急に警戒した目つきになり、身体を少し引いた。

「罪親さんは……あいつらと何か関係があるんですか？」

俺はかぶりを振りながら、怯えた表情のハギノに言った。

「関係者ではないし、直接関わりはありません」

「もしかして今の話を誰かにするつもりですか？　そんなことされたら私……」

確かに不安になるだろう。

今聞いた内容を公にされたら、奴らに写真をばらまかれる可能性がある。

N・Nは、息子を自殺に追いつめた人物なのかもしれない、そう正直に伝えるべきだと思った。

「私は風見啓介といいます」

鞄から名刺を取り出すと、ハギノは警戒した表情を崩さずにそれを受け取った。

「コントロールライフ、備品管理室室長、風見啓介」

ハギノは、かすれた声で名刺に書かれている文字を読み上げた。

「掲示板にも書きましたが、私は数年前に息子を自殺で亡くしています。息子をいじめていた人物が、そのN・Nかもしれないんです。でも証拠はつかめていません」

「だから私に会いたい、って言ったんですか？」

「違う。あなたのことは本当に心配しています。生きていれば息子と同じ歳だし、どうにかして助けられないかといつも考えていました」

ハギノはしばらく考え込んだあと、ため息を漏らした。

「息子さんは……どうやって自殺したんですか」

「自分の部屋で、首をカッターで切ったんです」

他人事ではなかったのだろう。ハギノは悔しそうに、テーブルの上で拳を握りしめている。

「自殺したのは中学二年のときでした」

「息子さんをいじめていた生徒の名前はなんていうんですか？」

ハギノは探るような目で名前を訊いてきた。

「なんの確証もありませんが、中野直紀という少年だと教えてくれた生徒がいました」

俺は鞄の中から集合写真とクラスメートがひとりずつ写っている個人写真を取り出して、直紀を指さした。

ハギノの瞳は微かに揺れた。

「これって……私の相手も同じです」

「この少年に間違いないですか？」

ハギノは写真を確認したあと、俺の目をまっすぐ見て頷いた。

胸にあった疑惑が確信に変わった瞬間、怒りよりも悲しみの感情が勝った。茂明は自殺したのに、あいつは何も変わっていなかったのだ。何も感じていないのだ。

「掲示板に殴られたと書いてありましたが、あなたは暴力も受けているんですか？」

ハギノは虚ろな表情で頷いた。

「中野直紀とアリスに体育倉庫に呼ばれて『バイトを続けます、って宣言しろ』と言われたんです。私が黙っていると、中野にお腹を殴られて。すごく痛くて蹲《うずくま》っていたら、『中学のときに、気に入らない奴を一匹自殺に追いやったんだ。お前もそうなりたいか？』って言われたんです。それから『もし誰かに告げ口したら写真をネットにばらまく』って脅されました」

「さっき見せてもらった学校の裏サイトも中野直紀が作ったものですか？」

「そうです。あいつは情報処理部に入っていて、パソコンにも詳しいんです」

おそらく、大和のサイトもあいつの仕業だろう。手口が似ている。

「クラスメートから嫌われるようになったのは、あのサイトが原因です。私が生徒の秘密を教師に密告している、っていう嘘の内容が書き込まれたんです。翌日登校したら、何人かの生徒が職員室に呼ばれていました。彼女たちは、許可書なしに短期バイトをしていたそうです。それを私が教師に告げ口したことになっていました。それ以来、ＳＰＹって呼ばれて、みんなから無視されるようになったんです」

俺は、先ほどから気になっていたことを訊いた。

「カフェで会った男の名前はわかりますか？」

「ごめんなさい。その人についてはわかりません」

そう言ったあと、ハギノは先ほど見せた個人写真を、おもむろに手に取り、ある男子生徒を指さした。

それは川崎竜二――。「二」がついているので、気になる人物のひとりだった。集合写真を見ると上背はあるが、当時は華奢な体形で、前髪がやけに長い。

「カフェで会った人は、この人に似ているような気がします。中野と同じように『人を殺したことがある』と偉そうに話していました」

強い憤りが胸を掻き乱し、指が震えた。

中野直紀と川崎竜二が、茂明を自殺に追い込んだ可能性が高い。

秋絵と直紀の家に乗り込んだとき、あいつは「もし茂明君が誰かにいじめられていたなら、それに気づけなくてごめんなさい」と白々しい嘘をついた。

あのとき秋絵と一緒に、もっとしっかり追及していればと、悔やまれてならない。

もしかしたら俺は、人は更生できると、どこかで信じていたのかもしれない。特に未成年であれば、改悛の余地はあると考えていた。茂明を自殺に追い込んだ生徒たちは心に消えない傷を抱え、反省し、人を傷つける怖さを忘れずに生きている可能性もある、そう思うこともあった。僅かでも、そんな生易しい考えをしていた自分を呪いたくなった。

もちろん、誰かを傷つける痛みを知り、改心して生きている人間もいるだろう。けれども、こいつらは違う。何ひとつ変わっていない。いつか人の親になり、そのときに気づくのだろうか――。そう思った瞬間、心に強い怒りの感情が湧き上がった。

冗談じゃない。それまでに、いったい何人の人間を傷つければ気が済むのだ。あいつらにとって茂明の死は、とても小さな出来事だったのだ。

あの日の俺に問いたい。この国の年間の自殺者数は二万人を超えているのに、なぜ自分の息子は自殺しないと思っていたのだろう。

写真の裏に名前を書き出した。

中野直紀

川崎竜二

篠原大和（茂明が亡くなった二年後に自殺）

俺は後悔の念に苛まれながら、冷めてしまったコーヒーをぼんやり見つめていた。

「罪親さん、大丈夫ですか?」

名前を呼ばれて顔を上げると、ハギノは周囲を気にするように声をひそめて言った。

「私が話した内容は誰にも言わないでください。ネットに写真をばらまかれたら家族にも迷惑がかかるから……」

ハギノは唇を嚙んだあと、言葉を継いだ。「もしも私が警察に相談して、あいつらが少年院に入ったとしても前科はつかないし、社会に戻ったら名前だって変えられるんですよね？　それなのに私は死ぬまで、いいえ、死んでからも写真を晒され続けるんです。そんなのおかしいですよ」

ハギノが気を揉むのはよくわかる。俺はなるべく穏やかな声で言った。

「今聞いた話は絶対に誰にも言いません。だけど、ひとつだけ約束してほしい」

ハギノは涙が滲んだ目でこちらを見た。

「どうしても堪えられないときは連絡してください。いつでも助けに行きます」

苦しんでいる息子に言いたかった言葉が次々に溢れ出す。「どうか、自ら命を絶たないでください」

ハギノは両手で顔を隠して肩を震わせた。


今ではこの3DKの一軒家が、寂しくなるほど広く感じられる。

妻子のために買った家なのに、もうふたりはいない。

もしも、この世界に神が存在するならば、なぜこのような仕打ちをするのだろう。

これまで生きてきた四十五年間、いつも人に優しく善人でいられたわけではない。それでも、できるだけ他人に迷惑をかけないように、正しいと思う道を歩んできたつもりだ。

結婚して息子が生まれてからは、特によき父であろうと努力してきた。それなのに、どうしてこんな苦境に陥ってしまったのだろう——。

昔は、絶対にどんな理由があっても人を殺めてはならないと考えていた。それが正しい人としての姿だと思っていた。

けれども今は違う。

悪を殺して善良な人間の命が助かるのなら、俺は迷わず牙をむくだろう。

こんな人間に誰がした？

キッチンに置いてあるゴミ袋が目に入った。袋の中には、空のカップラーメンの容器が大量に入っている。

茂明が小学生だった頃、秋絵は遠方に住む友人の結婚式に招かれ、泊まりで出かけたことがあった。

その日、冷蔵庫には鍋に入ったカレーやサラダなどが用意してあったが、俺は茂明と一緒にこっそりカップラーメンを買って食べた。

秋絵は、俺たちの身体を考えて、お菓子なども全て手作りで、ジャンクフードはできるだけ避けていた。制限されると食べたくなるもので、俺たちはここぞとばかりに近くのコンビニに行ってカップラーメンを買ってきた。

三分計の砂時計を置いて、出来上がるのを待っている間、真剣な表情で「食べ終わったら容器はどこに捨てるのか」「カレーが減ってないのはおかしい」など、証拠隠滅の相談をした。

結局、小心者の俺たちは、コンビニまでゴミを捨てに行き、アイスとお菓子を買って帰った。夕食後、レンタルショップで借りたサスペンス映画を観ているとき、茂明から「このお菓子の袋はどうするの？」と訊かれ、俺は「またコンビニだな」と笑った。

今はもう一緒に笑い合える家族はいない。食生活が悪いと叱ってくれる人もいない。いっそのこと、身体に悪いといわれるものを食べ続け、早く死ねればいいのにと思う自分がいるだけだ。

唐突に携帯が鳴った。

メールの件名は「ハギノです」。

本文には「息子さんの自殺の真相を突きとめました。今から『ホープボウル』に来てもらえませんか」と書いてある。

自殺の真相？　どういうことだろう――。

ハギノとファミレスで会ってから、まだ一週間しか経っていない。その間、俺も直紀と竜二について調べたが、いじめを証明できるものは手に入っていなかった。

ホープボウルは、かつてボウリング場があったところだ。経営が悪化し、六年前に閉鎖してから、他のテナントが入ったという話は聞いていない。

部屋の時計は、夜の十時になろうとしていた。

時間が遅いこともあり、胸騒ぎがする。

「今から向かいます」というメールを送ったあと、すぐにタクシーを呼んだ。

妻を亡くしてからは精神的に不安定になり、昔のように自分で運転ができなくなってしまった。睡眠不足からか、あらゆる判断能力が著しく低下し、事故を起こす危険性があったからだ。

家に到着したタクシーに乗り込み、行先を伝えると、運転手は驚いた顔で振り返った。

「それって、ボウリング場があった場所ですよね？」

「そうです。そこに行ってください」

運転手は「あぁ、はい」という曖昧な返事をしてから車を走らせた。

メールを確認するが、ハギノからの返信はない。

息子は首を切って自殺をした、そう話したときのハギノの悔しそうな顔が思い出された。テーブルの上で強く握られた拳——。

ハギノは、茂明の自殺の真相を探ろうとしてくれた。それが原因で何かあったのだろうか。胸の中の不安がどんどん膨らんでいく。

家からホープボウルまでは、車で十五分ほどかかった。

俺は代金を払い、暗闇の中に降り立った。

近くには河川敷があり、辺りはカエルの鳴き声が響いている。月明かりだけが頼りだった。

広い敷地内には、今にも潰れそうな廃墟が佇んでいる。

背後でタクシーの発車する音が聞こえた。

携帯を取り出して、メールで到着したことを伝えたが、返信はない。

敷地内に入り、正面にある入り口まで歩いて行く。割れているガラス窓から中を覗いてみたが、薄暗くてはっきり見えなかった。

警戒しながら建物に入ると、窓から月の光が差し込んでいた。

広い室内には、二十レーンほどある。床にはガラスの破片が散らばり、たくさんのボウリングの球が転がっている。

奥から三番目のレーン。その手前にあるソファ付近に、人の脚が見えた。上半身はソファに隠れている。

俺は球をよけながら、急いで駆け寄ると、人が仰向けで倒れていた。

それは制服姿のハギノだった。誰かに殴られたのか、口から血を流している。

「ハギノ、大丈夫か？」

彼女の傍に跪《ひざまず》き、救急車を呼ぼうと携帯を取り出した瞬間、バリバリという大きな音と共に強い光が瞬いた。腕から全身に針を刺したような痛みが広がる。筋肉がひきつり、携帯が床に転がった。血の気が引いていく。

上半身を起き上がらせたハギノの手にはスタンガンがある。

背後に人の気配を感じて振り返ろうとしたとき、またフラッシュのような閃光が放たれ、首に激痛が走った。

どういうことだろう――。意識が朦朧《もうろう》となり、床に倒れ込んだ。

背後にいる誰かに両腕を掴まれ、もうひとりに腹を殴られると視界が暗くなり、意識を失った。

何人いるのだろう。学生服姿の人間たちが笑っている。顔は真っ黒なのに、唇だけは真っ赤だった。誰かがうしろから、茂明の首をタオルで絞めている。茂明は苦しそうにもがいたあと、バタンと地面に倒れる。それを見て笑っている黒い影がたくさんいた。目を覚ました茂明は、また首にタオルをまかれる。やめろ……もうやめてくれ。絞められ、倒れる。やめろ……。失神ゲームは続いていく。

目を開けると激しい頭痛と耳鳴りがした。視界がぼやけている。

俺の両足首は、結束バンドで拘束されていた。うしろ手に縛られているのか、手も動かせない。

突然ゴゴゴッという轟音《ごうおん》が聞こえ、腹にボウリングの球が食い込んだ。息が詰まり、身体をエビのように丸めた。

腹がじんじんと痛む。ぼやけた視界がはっきりし、横たわっているのはレーンの上だと気づいた。

ゆっくり上半身を起こす。腕と首にひりひりする火傷《やけど》のような痛みがあった。

少し離れた場所に、無表情のハギノが立っている。口もとには血はなく、近くにケチャップのボトルが転がっていた。

ハギノの横には、灰色のスウェット姿の竜二と、白いシャツにジーンズ姿の直紀が立っていた。直紀は中学の頃よりも背が伸び、精悍《せいかん》な顔つきになっている。半笑いの口もとは、人を見くだしているようだ。

直紀は無邪気な口調で言った。

「今日は、茂明のお父さんにお願いがあったから呼び出したんだ。中学の同級生に会って、色々探っているみたいだけど、そういうのはやめてもらえないかな」

瞬時に、誰かが密告したのだと思い至った。麻美の怯えた顔が思い起こされて胸が騒いだ。あの子は大丈夫だろうか――。

直紀はずっと笑みをたたえていて、何を考えているのか読み取れない。

「おっさん、過去のこといつまでも根に持つなよ。もっと前向きに生きろよ」

竜二はまったく悪気がないのか、まるで失恋した友人を励ますかのような軽い口調でそう言った。

俺は、直紀の目をまっすぐ見ながら訊いた。

「お前らは、過去を探られるのがそんなに迷惑なのか？　何かやましいことでもしたのかよ。そうでなければ、俺を監禁したりしないよな」

直紀は目を細めて微笑んだあと、一歩前に出た。

「別に警察に行ってもらってもかまわないけど、僕らは何もしてないから」

俺は、顔を伏せているハギノを見た。

直紀はすぐに心中を察したのか、ハギノの方を向いて尋ねた。

「この人とどういう関係？」

「私の……ストーカーです」

ハギノは、蚊の鳴くような声でそう答えた。

「それならこの前、どうしてファミレスで会っていたの?」

「ストーカーをやめてほしいとお願いしたんです」

なるほど、シナリオが出来上がっているというわけだ。

ハギノに対して申し訳ない気持ちになった。きっと、中学の同級生たちに話を尋ねて回っているのを知った直紀は、俺の動きを監視していたのだろう。ハギノと会うのも見られていたのだ。

「いい歳してストーカーなんてよくないよ」

直紀の窘めるような口調が鼻につく。

「お前は、見られたくない写真を利用して人を脅しているそうだな」

「だったら何?」

「俺の息子を自殺に追いやったのもお前なんだろ」

「だから、もしそうだったらなんだっていうの?」

「人を傷つけて何が楽しいんだよ」

「傷つけたいわけじゃない。上手く生きていきたいだけ。あと、お金が必要なんだ。僕の親がやっているケーキ屋、赤字続きなんだよね。塾や大学に行きたいのに困っちゃうよ。だから自分で稼ぐことにしたんだ。その何が悪いの?」

「金を稼ぐためなら人を傷つけてもいいと思っているのか？」

「人間なんて、みんな誰かを傷つけながら生きているものだよ。お坊さんが人を殺して、教師が淫行して、政治家は公約を破って、みんな私利私欲に走って楽しく生きているじゃない」

「悪い大人がいるから、社会が悪いから、こんな風になりました、って言いたいのか」

「そうじゃないよ。ただお金が必要で、とても大切なだけ。お金がなければ高度先進医療も受けられないし、助かる命も助からない。つまり、お金のない奴は死んでいけ、っていうのが現実でしょ。それなのに金儲け至上主義の何がいけないわけ？」

直紀は、ジーンズのポケットからスマホを取り出して続けた。「この世界で上手く生きるためには、情報戦に勝たなければいけないんだ。お金を手っ取り早く得るためには相手の弱みを握る必要がある。そうすればアドバンテージを得て、相手を簡単にコントロールできるようになるからね」

「クラスの裏サイトや『篠原大和について』というサイトを作ったのもお前なんだろ？」

「何か問題ある？　ネットの世界では、みんな匿名で書きたい放題じゃん」

「有利に物事を運ぶためには、傷ついて死んでいく人間がいてもいいってわけか」

「まぁ、多少の犠牲はしかたないよ」

直紀は天使のような笑みをみせたあと、俺の顔を凝視した。互いに理解し合えない憎しみがぶつかった。

「おじさんに、ずっと訊きたいことがあったんだ。人間って、帰る場所があれば死んだりしないと思うんだ。たとえば、どんなに学校や職場が辛くても家族っていう帰れる場所があれば自殺なんてしない」

「何が言いたいんだよ」

「だからね、死んじゃう人って帰る場所がどこにもなかったんじゃないかな、って結論になるわけ。つまり、茂明には帰れる、助けてもらえる家族がいなかったんだよ。それなのに僕らばかり責めるのはおかしいよ」

直紀に言われるまでもない。それは何度も考えてきたことだ。秋絵も俺も、息子の異変に気づけなかった自分たちを責め、胸が張り裂けそうなほど苦しんできた。人の触れられたくない部分を抉り出そうとする情のなさが癇に障る。

「お前の母親は再婚らしいな」

俺がそう言った瞬間、初めて直紀の笑顔が凍りついた。

「そんなことまで調べたんだ?」

「情報戦に勝たないといけないんだろ? お前の弟は今の両親の子どもだが、お前は再婚前の父親との子どもらしいな。弟は成績がよくないのに、父親にかわいがられているそうじゃないか。お前はその鬱憤を、誰かをいじめて解消しているんじゃないのか」

「わかっているような口きくなよ」

直紀は急に鋭い目つきになり、吐き捨てるようにそう言った。先ほどまであった鷹揚さはなくなり、不快感を露にしている。

ハギノは驚いた顔で俺を見ていた。

「店の経営難が原因ではなく、本当の子どもじゃないから、大学の費用も出したくないって言われたんじゃないのか」

俺は相手の感情を揺さぶりたくて、知りもしないことを口にした。

まんざら外れてもいないのか、直紀の顔は醜く歪み、みるみる赤くなっていく。

「おじさんたちが茂明のことで店に乗り込んできたあと、大変だったんだからね。あの継父に『悪い噂をたてられて店を潰されたらどうするんだ』って怒鳴られて、何度も殴られたんだから」

シェフコートを着た中野雄二郎の顔が思い起こされた。

あの日、いじめをしていたのではないかと迫る秋絵に対し、雄二郎はテーブルを叩いて怒りを露にした。「もういい加減にしてくれ！　息子はやっていないって言っているだろ」と怒鳴る姿を見て、子どもを守ろうとするよき父親に思えたが、それは店の評判を気にしてのことだったのか。

「お前らは、どうして茂明をいじめの標的にしたんだ」

「あれには驚いたよ。中一の頃だったかな、社会の授業で尊敬する偉人を一人ひとり発表したんだ。レオナルド・ダ・ヴィンチ、ヴォルフガング・アマデウス・モーツァルト、アルバート・アインシュタイン、この世界にはたくさんの偉人がいるのに、茂明は誰って答えたと思う?」

「お父さんっ!」

竜二は、おちょくるような口調でそう叫んだ。

直紀は冷ややかな声で言った。

「理由はね、お父さんは誰よりも優しくて正義感が強いからです、だって。本気で言ってるんだとしたら、低レベルすぎて笑えるよね。正気を疑うよ」

「ファザコン、うぜぇ」竜二はそう吐き捨てた。

「そんなことでいじめたのか」

「それだけじゃないけどね、とにかく目障りだったんだ」

親に愛してもらえない悔しさ、親を尊敬できない哀しさ、そんな負の感情が、いじめの原動力になっていたのだろう。その小さな始まりから、重大ないじめに発展したのだ。

「まぁ、全部茂明が悪いんだけどね。おじさん、結構面白いからさ、特別にいいものを見せてあげる」

直紀はスマホの動画を再生して、こちらに向けた。

一瞬、頭が混乱した。

映像には、先ほど夢で見た状況が繰り広げられていた。

床に横たわった茂明の口からは、よだれが垂れている。目を覚ました茂明を、竜二が椅子に座らせる。茂明は泣きながら「やめてください」と懇願していた。その声を無視して、竜二はスポーツタオルで首を絞めあげる。

もうひとりの生徒が、ぐったりしている茂明の鼻にチョークを入れた。それは、自殺した篠原大和だ――。

気づけば、あまりの残酷さに身体が震えていた。

面白いことなどひとつもないのに、真っ赤な顔で苦しんでいる茂明を見て、直紀、大和、竜二が笑っている。気絶して床に倒れた茂明は、ズボンも下着もつけていなかった。

俺は頭に血が上り、叫び声を上げながら立ち上がると、両脚で跳ねるようにして直紀に近づいた。すぐに竜二に腹を蹴られ、うしろにひっくり返るように倒れた。

腕が使えなかったせいで、尻と後頭部を強く打ちつけた。腰が痛み、耳鳴りがする。俺は意識が朦朧とする中、上半身を起き上がらせてから、直紀を睨んだ。身体は痛みで悲鳴を上げていたが、意地でも弱っている姿を見せたくなかった。

手を汚さずに相手を死へ導く。その狡猾さが許せない。それ以上に恐怖を感じた。あいつはまだ十代なのだ。実際に会って、相手の心中を忖度《そんたく》してみるが、現れるのは思いやりや優しさの欠片もない鬼畜のような姿だった。

どうすることもできずに、「呪い」という方法に縋った茂明の気持ちが今ならわかる気がした。

俺は直紀を睨みつけながら、呪いを込めて言い放った。

「因果応報っていう言葉を知っているか？　お前が傷つけてきた人間と同じ目にあう日が必ず来る」

「悪いことをしたら、本当にみんな不幸になっているのかな。それって、どこの誰の統計？」

直紀は冷酷な表情で俺を見下ろした。「僕は、愛とか友情とか正義を信じている奴の方が最後にバカをみると思うけどね」

「何が本当に正しかったかなんて、死ぬ間際までわからないんだよ。お前には必ず後悔する日が来る」

「僕はそんな愚かな人間じゃないよ。社会の仕組みをよくわかっている、どちらかというと頭のいい人間だと思うけどな」

「本当に頭のいい奴は、幸せを手に入れるために人を追いつめたりしない。まわりにいる人間も自分も一緒に幸せにできるのが一番頭のいい人間なんだよ」

「僕のことをバカだって言いたいの？」

「あぁ、そうだよ」

「おじさんって、茂明にそっくりだね。そういうところが嫌いだから、社会の厳しさを教えてあげたんだ。やっぱりおじさんの教育が悪かったと思うな。純粋培養された人間って、人に煙たがられるんだよ」

「愛や友情、正義を信じないのは自由だ。だけどな、それを信じている人間を批判するのは、お前の弱さだよ」

竜二は、だるそうに首をまわしながら近づいてくると、俺の胸を靴底で蹴った。

「おっさん、勘違いすんなよ。直紀は誰よりも強いし、まわりを幸せにしてるんだよ。あのまま俺が『レッドエル』にいたら、人生を台無しにするって教えてくれた、救ってくれた。一緒に面白いビジネスをしようって誘ってくれた。そのおかげで、俺はあいつらみたいに少年院に行かなくてすんだんだ」

竜二は、直紀に畏敬の念を抱いているのか、早口にそうまくし立てた。

「人間なんてお互いのことを完全にわかり合えるわけじゃないから、おじさんの気持ちなんて一生わからないし、きっと、おじさんにも僕の気持ちはわからないよ」

直紀はそう言ったあと、こちらに画面を見せながら、茂明の動画を消去した。

「おじさんは犯人捜しが大好きだから、証拠になるデータは、ちゃんと消しておかないとね」

決断のときがきた。これ以上、空疎な論争をするつもりはない。厭わしいだけだ。

俺は挑むような気持ちで訊いた。

「お前は、これからも誰かを犠牲にして自分の利益を得ようとするのか？」

「もちろんだよ。そんなに何かを恨みたいなら、自殺するような弱い人間に育てた自分を恨みなよ。『ダメなお父さんで、ごめんなさい』って後悔しながら死んで詫びてくださいな。まだ僕を困らせるつもりなら、おじさんの会社にストーカーだって報告するから。あと、こいつの写真もネットにアップする」

ハギノは泣き出しそうな顔でこちらを見ていた。その目は、深い絶望と悲しみをたたえている。救いようのない、やりきれない現状に強い焦燥感と悔しさが込み上げてくる。

「おじさん、どうせ自殺するなら十一月六日にしたらいいんじゃない」

直紀はそう言ってから鼻で笑ったあと、竜二に目で合図した。

俺は、竜二に髪を鷲づかみにされ、重いパンチを腹にくらった。視界が揺らぎ、意識が遠のいた。


遠くから鳥の鳴き声が聞こえる。

首と腹がひどく痛む。ゆっくり目を開けると、窓から強い日差しが差し込んでいた。

手が自由になっているのに気づき、汗ばんだ両手をしばらく眺めた。

俺はポケットにナイフがあるのを確認する。護身用のために、家を出るときに入れておいたのだ。足首の結束バンドを切った。追いかけてくるのを警戒し、念のため足は外さなかったのだろう。

今まであった重苦しい気持ちは消え去り、妙に心が凪いでいる。こんなにも清々しい気分になったのは、いつ以来だろう。身体はひどく痛むのに、心は晴れ渡っている。

今まで揺れていた天秤が、一方に傾いたからだ。

もう悩むことはない。神を畏れる必要もない。こんな苦しみを与えられても、その存在を敬えという方が間違っている。

恐れるものをなくせば、心はどこまでも軽くなる。

直紀の「やっぱりおじさんの教育が悪かったと思うな」という、責めさいなむ声が耳に残っていた。

茂明、秋絵、守ってやれなくてごめん。お父さんなりの罪の償い方を見つけたよ。

俺はふらついた足取りでソファに近づき、ナイフを突き刺した。両手でグリップを握り締め、何度も振り下ろす。

この耳障りな笑い声は誰のものだろう。さっきから大勢の笑い声が聞こえる。ソファのスプリングがぎしぎしと軋んだ音をたてる。刺す、ぎしぎし、刺す、ぎしし、刺す。笑い声が天井から降ってくる。気づいたら俺も笑っていた。

第五章　決行

教室の扉を開けた瞬間、嫌な予感が胸に広がった。

今まで騒いでいたクラスメートたちが急に押し黙り、警戒した顔つきで僕を凝視している。いつもの蔑んだような目とは明らかに違う。傷つける言葉を投げてくる奴もいない。

窓際にある自分の机まで行くと、鞄から教科書やノートを取り出した。

静寂の中、緊張でドキドキしつつも、できるだけ表情を変えないように努めた。本能的に、相手を刺激してはならない、目を合わせない方がいいと判断したのだ。

椅子に腰を下ろして、おもむろに窓の外に目を向けた。いつもなら授業が始まるぎりぎりまで騒いでいるのに、今日は誰の声も聞こえない。目の端に鋭い視線を感じるだけだ。

殺人の約束を交わしてから、気が休まるときがなかった。

あれからペニーとは、夜の展望台公園で何回か会ったが、ふたりとも殺害についての話はほとんどしなかった。ペニーからパントマイムを教えてもらい、休憩中はお互いの好きな映画の話をした。殺害計画についてひとつだけ交わした約束は、ペニーの指示があってから、竜二に待ち合わせの場所と時間を連絡することだった。

ひとりでいると不安に押しつぶされそうになるのに、ペニーに会えば、不思議と気持ちは楽になった。

殺人の実行日まで、あと一日——。決行の日は、すぐそこに迫っていた。

人を殺すという重大な決断をしたため、クラス内でのいじめは小さなことに思えた。でも、この奇妙な雰囲気は初めてで、気味が悪くて逃げ出したくなる。クラスメートたちの目に追いつめられ、息苦しさを感じる。無言で注目されるくらいなら、悪口を言われるほうがマシだ。

「時田、竜二先輩が殺されたこと知っているか？」

静まり返った教室の中、意外な言葉が耳に飛び込んできた。

見上げると、机の前に冬人が立っている。

一瞬、「竜二を殺害するまでには、まだ一日ある」と声に出してしまいそうになった。

みんな固唾《かたず》をのんでこちらに注目している。僕の答えを一字一句聞きもらさないように、神経を張りつめているようだった。

昨日からテレビでは、県内の十七歳の男子高校生が殺害されたという事件が頻繁に報じられていた。でも、それは竜二ではなく、別の高校の中野直紀という人物だ。

ネットでは被害者の知り合いが面白半分に書き込んだのか、生徒の名前と写真が出まわっていた。

一昨日の夜の十一時頃、ビルに囲まれた狭い路地裏で、胸をナイフで刺されて死亡したらしい。

テレビでそのニュースを見たとき、見慣れた景色に驚いた。

現場中継をしていたアナウンサーの背後には、僕が通う高校の最寄り駅やその近くにある喫茶店などが映っていたのだ。

この近辺で起きた事件だったから、朝はその話題で持ち切りになると思っていたのに、まさか竜二が死んだなんて考えてもみなかった。でも、油断はできない。もしかしたらからかわれているのかもしれない。

「それって、なんの冗談?」

僕の軽い返しに、冬人は眉をひそめた。

「冗談なんかじゃない。今朝、先輩と仲が良かった人からメールが来たんだ。俺だけじゃなくて剛にも送られてきた。昨日の夜、駅のホームで誰かに背中を押されて電車にはねられたらしい」

冬人の顔は真剣そのものだった。嘘をついているようには見えない。そもそも嘘をつくメリットがない。

「それで……どうなったんだ？」

「即死だったって」

急に鼓動が激しくなり、不安が胸に兆した。

「誰に押されたんだろう……」

思わずそう呟くと、冬人は鼻で笑った。

「だよな。お前が関係しているわけないよな。前に殺人の計画とか練っていたから、もしかしたらお前がやったのかもしれないって思ったんだ」

手が震えているのに気づき、慌てて机の下に隠した。

みんなが注目している理由がわかった。冬人か剛に竜二のことを聞いて、僕が関係していると思ったのだろう。もしくは、関わっていたら面白いと考えている。クラスメートが殺人犯だとしても、心を痛めることはなく、すべて他人事なのだ。

このタイミングで竜二が殺されたのが奇妙に思えた。

いや、ただの偶然かもしれない。もしかしたら、肩がぶつかった、目つきが悪いなどの理由から見知らぬ誰かと喧嘩になり、ホームで背中を押された可能性もある。あいつならあり得る話だ。

仮にこれが計画的な犯行だったとしても、ちっとも不自然じゃない。あいつを殺したいと思っている人間はたくさんいるはずだ。その誰かが、偶然先に犯行に及んだともいえる。

さっきまでの警戒したような雰囲気とは違い、クラスメートたちは「川崎先輩の背中を押したのは時田なの?」「そんな根性ないでしょ」「小心者だし、さすがに殺しはしないよ」と、口々に勝手なことを言い始めた。

黒板付近に立っている剛は、いつもよりはしゃいだようすで、仲の良いクラスメートと談笑している。声をかけてきた冬人の口調も穏やかだった。ふたりとも奴隷から解放されて安堵しているのだろう。

それは僕も同じだった。笑い声を上げたいほど心が弾んでいる。それなのに、胸のつかえがとれない。

「背中を押したのはどんな人だったんだ?」

もしかしたらペニーがやったのではないかという疑念を覚え、冬人に尋ねた。

「一緒にいたわけじゃないし、そこまでは知らないよ」

冬人は呆れたように言ったあと続けた。「昨日、竜二先輩と終電で帰った人がいたんだけど、その人が自販機でジュースを買っているとき、誰かに背中を押されて線路に落ちる姿を見たらしい。駅には防犯カメラがいっぱいあるから、犯人はすぐに捕まるんじゃない」

もしもペニーがひとりでやったとしたなら……どうしてだろう？　しかも実行日よりも早くに――。あの殺害計画ではなく、駅のホームでやるなんて完全犯罪には程遠い。

答えの出ない疑問ばかりが次々に思い浮かんでくる。

クラスメートたちは飽きもせず、まだ僕が殺したんじゃないか、とふざけた口調で言い合っている。

後ろ暗いところがあるせいか、かなり居心地が悪かった。

午前中はいつもどおりに授業が行われた。けれど、昼休みに担任が教室に来て、「本校の生徒が事故にあったため、これから職員会議がある。午後は休みになるから帰りなさい」と帰宅を促した。そのあと休校を知らせる校内放送も流れた。

学校側はまだ事件の詳細を知らないのか、それとも生徒たちを動揺させたくないのか、「事故」という表現をした。

クラスメートたちは竜二の話で盛り上がり、誰も帰ろうとしなかったが、僕はすぐに展望台公園に向かった。

くまなく公園を捜してみたけれど、ペニーの姿はどこにもない。しかたなく芝生の広場まで行き、木陰になっているケヤキの傍に座った。殺害計画を書いたノートを取り出すと、そこにある番号に電話をした。

何度か呼び出し音が鳴ったあと、留守番電話に繋がる。何を言い残せばいいのかわから
ず、動揺して電話を切った。
冷静になってからもう一度かけ直し、「昨日、竜二が殺されました。連絡をください」
とメッセージを残した。
しばらく公園でペニーからの連絡を待ってみても、電話はかかってこなかった。
さっきから気持ちが沈んだり、安らかになったりしている。交互に両極端の感情が押し
寄せてくる。
竜二が死んだと知ったときは混乱したが、冷静に考えれば、とてもラッキーなことなの
だ。自らの手を汚さずに誰かが殺してくれたのだから。ホームで背中を押してくれた人物
に感謝したくなる。
でも、それがペニーの犯行なら話は別だ。
罪悪感が重くのしかかってくる。
僕のせいで犯行に及んだのだから……。
電車で自宅に帰るまで、ずっとスマホを見続けたが、いっこうに連絡はなかった。
自宅マンションの敷地内に入ったとき、エントランス付近にスーツ姿の男女がいるのに
気づいた。

厳つい顔の男は五十歳前後、女は二十代後半くらいに見えた。

西日が差しているせいか、まぶしそうに目を細めている。

男は皺が多く、浅黒い肌に疲れた表情を浮かべていた。どことなく陰気な印象を与える。

パンツスーツの細身の女は、艶のある肌に似合わず、目の下にはクマが目立っている。少し頭を下げる仕草は、男より感じはよかった。

「時田祥平さんですか?」

近づいてきた女は、ジャケットから手帳を取り出して、こちらに見せた。手帳のエンブレムを見たとき、視界が歪んでいくような錯覚に襲われた。

「警察のものですが、お話を聞かせてください。私は佐々木《ささき》といいます」

続けて女の横にいる男が「木島《きじま》です」と名乗った。

思わず、僕じゃない、と叫びたくなる。

「少しお時間をもらえませんか?」

女は落ち着いた声でそう言った。

男はまるで退路をふさぐように、目の前に無言で立ちはだかった。そんなつもりはないのかもしれないけれど、何か探るような視線を向けてくる。

「あなたと同じ高校に通う、川崎竜二君はご存じですよね?」

女の有無を言わせない話し方から、押しの強さを感じて警戒してしまう。

竜二のスマホには、僕の連絡先が登録されていたはずだから、警察に事情聴取されるのは時間の問題だっただろう。ここで嘘をついても得はない。

僕が「知っています」と答えると、女は矢継ぎ早に質問した。

「竜二君とは仲が良かったの？」

「別に……普通です」

「最近、竜二君と会ったのはいつ頃ですか？」

「……三週間くらい前です」

「そのとき、変わったようすはなかったかな？」

「特にないです」

今度は、男が訊いた。

「最後に竜二君とどこで会ったのか教えてください」

「学校です」

「そこで竜二君とどんな話をしましたか？」

言葉に詰まった。金を要求されたといえば、殺害の立派な動機になる。面倒なことになるのは目に見えていた。

僕がためらっていると、女は穏やかな口調で尋ねた。

「昨日の九月二十七日の夜の十一時から十一時半頃はどこにいましたか？」

「家にいました」

「ご家族と一緒だった？」

「昨日は誰もいませんでした」

「ご両親が帰ってきた時間は？」

僕は女を睨んだ。

「ずっとひとりです。昨日は誰も帰ってこなかったから」

「両親とも？」

刑事たちはあからさまに眉根を寄せた。

どうせ家庭環境に問題のある少年だ、とでも思っているのだろう。警察も仕事だから色々な質問をしてくるのだろうけれど、家族についてあまり話したくない。

もう終わりにしてもらいたい、という意思表示を込めてエントランスに目を向けると、女が意外な人物の名をあげた。

「本宮春一君についてですが、春一君と竜二君の間に何かトラブルみたいなものはあったかな？」

「なんで春一の話なんて？」

女は困ったように、男の顔を見た。

「まさか春一が犯人だと思ってないですよね？」

「犯人というのはどういうこと？」

男はすかさず低い声で尋ねた。

「それは……学校で川崎先輩が殺されたって聞いたから……」

僕が殺したわけじゃないのに声はうわずっていた。竜二がいないときは呼び捨てだったが、変な疑いをかけられるのが嫌で敬称をつけた。

男は、子どもを諭すような声で言った。

「我々は春一君が犯人だとは思っていないよ。だから、それを証明するためにも詳しい話を教えてほしいんだ」

「疑ってないなら訊く必要はないじゃないですか」

ふたりは困ったように顔を見合わせた。何かあるのに、言えないような素振りだった。

真希のことがあるから、春一の話はしたくなかった。

「春一は、川崎先輩とはなんの関係もありません」

僕はそう断言したあと、エントランスに向かって歩き出した。

まるで自分が犯人なのではないかと思うほど、心拍数は高まっている。できるだけ堂々とエントランスを抜けた。

振り返るとふたりはこちらを見ていたが、追ってくるようすはなかった。

足早にエレベーターに乗り込んだ。怖くてたまらなかった。殺人の計画を練っていたというだけで、何か罪になるのだろうか……。

もしも実際に犯行に及んでいたら、平静を装うなんてとてもできない。刑事の前で全身が震え出していただろう。自分がこんなにも臆病だとは思ってもみなかった。

ドアを開けて玄関に足を踏み入れたとき、気持ちを落ち着かせるように、ゆっくり息を吐き出した。

全てが初めての経験で、次々起こる非日常に上手く対応できなかった。

リビングのソファに座り、すぐにテレビをつける。夕方のこの時間は、どの局も報道番組だった。高速道路の玉突き事故の映像が流れている。

竜二のことがニュースになっていないか気になり、違う局に変えようとしたとき、メールの着信音が響いた。

真希からだった。

——お兄ちゃんが警察に出頭したの！　私が原因だよ。どうしたらいいのかわからない。

祥平君、助けて！

メールを読んで、飛び跳ねるように立ち上がってしまった。思考が停止し、頭の中が真っ白になる。

出頭？　どうして春一が出頭なんてするのだろう——。

思いもよらない展開に呆然としてしまう。

そういえば、刑事も春一について質問してきた。

竜二を殺したのは……春一？

わからないことだらけでひどく混乱し、何かに急かされるようにマンションを飛び出した。まだ刑事がいるのではないかと警戒したが、ふたりの姿はなかった。代わりに、灰色のスーツを着た三十代くらいの冴えない男が立っている。

あの人も刑事だろうか——。

男はこちらに向かって軽く頭を下げた。

髪はやや長めだったが、ファッションで伸ばしているのではなく、放置しているだけに思えた。丸い瞳、頰にはソバカスが散っている。色白で中性的な雰囲気のある男は、まっすぐこちらに向かって歩いてくる。

刑事だとしたら、かなり頼りなさそうだ。

男は使い古された名刺入れから一枚取り出すと、僕の前に差し出した。

「東誠《とうせい》出版、週刊ウォッシュ編集部の片桐学《かたぎりまなぶ》と申します。時田祥平さんでいらっしゃいますか？」

受け取った名刺には、名前の上に『記者』と書いてある。

「ウォッシュ」は、政治、経済、芸能の話題が多く、僕が好きな『奇妙な事件簿』を連載している週刊誌だ。

「少しお時間をいただけませんか。川崎竜二さんについてお訊きしたいことがあります」

どうしてみんな僕に質問するのだろう。この記者は春一が出頭したのを知っているのだろうか……。

「何も話したくありません」

僕は露骨に眉を寄せてそう言った。

片桐は頭を掻きながら「突然お訪ねしてしまい、本当に申し訳ありません」と謝罪してから続けた。「さっき、学校付近で時田さんのクラスメートに話を訊いていたら、『あなたが殺害計画を練っていた』という話を耳にしたんです。だからといって、時田さんが何かしたとは思っていません」

僕は歩き出そうとした足を止めた。頼りなく見えるのに、警察もまだ知らない情報を摑んでいることに驚いた。

「僕は何もしていません。ちょっと急いでいるんで」

片桐は慌てたようすで、一枚の写真を手帳から取り出した。

「ひとつだけ教えてください。この男性に見覚えはありませんか？」

写真にはスーツ姿の男が写っている。顔だけ見れば四十代くらいだが、髪は真っ白だった。全体的に痩せている。少し微笑んでいるが、物悲しい雰囲気があった。

どこかで会った気がする――。でも思い出せなかった。

「この写真の人物と川崎先輩は何か関係があるんですか？」

春一のこともあり、有力な情報はないかと思って質問してみた。

片桐は困り顔で、また頭を掻いた。

「この県内で十一月六日に三年連続で自殺が相次いでいるのはご存じですか？」

はっと息を呑んだ。

どうして気づかなかったのだろう――。

数年前、公園の展望台から身を投げた女性がいた。もうひとり、ホープボウルの屋上から飛び降り自殺した高校生もいる。

週刊誌に載っていた『十一月六日の呪い』は、この県内で起きた出来事だったのだ。雑誌に載るような事件は、どこか遠い場所で起きていると思い込んでいた。

「この男性の息子さんと奥さんが、十一月六日に亡くなっているんです。奇妙なのですが、その後も息子さんに関係する人物が亡くなっていて、現在調べているところなのです」

写真の男の息子が、「こいつらを呪う」と書き残して死んだ『S』だったのだろうか。

僕は、記者の目をまっすぐ見て訊いた。

「写真の男と川崎先輩は何か関係があるんですか」

「この男性の息子さんと川崎竜二君は、中学で同じクラスだったんです。川崎君の死亡を知り、訊き込みをしていたら、あなたについて話してくれた生徒さんがいました。すみません。あまり気分のいいものではないですよね」

そう言って、すまなそうに少し頭を下げた。

片桐には、高校生にも大人と変わらない対応をしてくれる誠実さがあった。

「写真の男が、川崎先輩を殺した犯人なんですか?」

春一が犯人ではない証拠がほしかった。

「いえいえ、そういうわけではないのですが、私は何か大きな関わりがあるのではないかと思っているのです」

「僕は写真の人物について何も知らないです」

片桐は、「そうですよね」と言って笑った。まるで子どもみたいな無邪気な笑みだった。

「お時間をとらせてしまい、申し訳ありませんでした。ありがとうございました」

あっさりとした態度に拍子抜けし、思わず心に芽生えた疑問を口にした。

「あなたは……僕が殺害計画を練っていたことを警察に話しますか？」

片桐は心底驚いたようすで首を振った。

「どうして話さなければならないのでしょうか」

「僕を犯人だとは思わないんですか」

「時田君は犯人なのですか？」

「違います」

「私もそう思いました。会ってお話しすると、なんとなくわかるんです。あぁ、職業柄とかそんなかっこいいものではないですよ」

そう言ったあと、白い歯を見せて笑った。

片桐はもう一度「ありがとうございました」と律儀に頭を下げた。手帳に何か書き込みながら、ゆっくりした足取りで歩いて行く。

日は沈みかけていた。

僕はマンションの駐輪場にとめてある自転車にまたがり、ペダルをこいだ。

角を曲がったとき、四十代くらいのスーツ姿の男が歩いてくるのが見えた。

唐突に泣いている男の姿が脳裏をよぎり、なぜか胸が騒いだ。

やっぱり、あの写真の男に会ったことがある——。たしか、展望台公園で空を見上げて、泣きながら電話をしていた男だ。大人の男が泣いているのが珍しくて印象に残っていた。

慌ててブレーキをかけたが、わざわざ片桐に教える必要も義理もない気がして、またペダルをこぎはじめた。

必死にペダルを踏みしめ、通い慣れた道を急ぐ。

春一の家の前で自転車をとめ、鍵もかけずに玄関に向かうと、そこに真希が立っていた。

僕の顔を見た途端に泣き出してしまった。中学三年なのに、泣いている顔は迷子になった幼子のようだった。

「お兄ちゃんとおばあちゃんが警察に……」

ふいに春一から見せられた、顔が腫れあがった真希の画像が甦った。左目の横には、痛々しい切り傷の痕がある。

「雅代ばあちゃんも警察に？」

「お兄ちゃんは『自分が川崎竜二を殺した』って言っているみたいで、保護者も来てほしいって連絡があったの」

居間に入ると小さなテレビからはニュースが流れていた。きっと真希も、竜二の事件がニュースになっていないか気になったのだろう。

懐かしい匂いがした。自分の家よりも気持ちが安らぐのが不思議だった。

「もしお兄ちゃんがあいつを殺したとしたら、私の復讐のためだよ。最近、筋トレを始めて、格闘技ジムにも通い出したから変だと思っていたの。今考えれば、全部あいつを殺すための準備だったんだと思う」

もしかしたら春一も、僕と同じようにあいつを殺そうとしていたのかもしれない。

「真希ちゃんのせいじゃない。他に春一に変わったようすはなかった？」

「お兄ちゃん、最近はずっと悩んでいたみたい。一緒にドラマを見ているとき、主人公の男の子が親友を裏切ってしまうシーンがあって、そこで急に泣き出してしまったことがあったの。私の前ではいつもは冷静なのに、お兄ちゃんが泣く姿を初めて見てびっくりして、私が『どうしたの』って訊いたら、『大事な友だちを裏切ってしまった』って言うから……。もしかしたら祥平君と何かあったんじゃないかと思ってた」

考えてもみなかった春一の苦しみに、胸がずきんと痛んだ。

人の気持ちはこんなにも簡単に変わるものなのだろうか。

春一から裏切られた悔しさは溶けるように消え去り、残された感情は悲しみだけだった。

金の入った封筒をポストに入れたのは、精一杯の謝罪だったのだ。今だったら素直に受け入れられる。紛れもなく、春一も犠牲者のひとりだった、と。

「真希ちゃん、昨日の夜の十一時から十一時半頃、春一はどこにいたかわかる？」

それが重大な質問だと感じ取ったのか、真希は緊張した面持ちで考え込んだ。

「その時間は、お兄ちゃんは家にいたよ」

ぱっと表情が明るくなり、「だって、私と一緒にテレビを見ていたもん」

「雅代ばあちゃんもそれを証明できる？」

真希の顔は急に曇った。

「おばあちゃんは、もう寝ちゃっていたから……」

それを警察に言っても、家族の証言ではアリバイの証拠能力が低いと判断されるかもしれないけれど、真希が言うなら間違いない。

春一は、犯人じゃない。

そうだとするなら、嘘の供述をしている理由はひとつしかない。

小学生の夏、神社で叫んだ春一の声が甦った。あれは薄っぺらい誓いなんかじゃなかったんだ。

——祥平が危ない目にあったら、今度は俺が絶対に助けるから！

春一は、僕をかばおうとしたのだ。クラスで起きた出来事は、瞬く間に他のクラスへも届く。殺害計画を練っていたという話を聞いた春一は、竜二を殺した犯人は、僕だと勘違いしたのではないだろうか。

いや、勘違いなんかじゃない。本当に竜二を殺そうと企んでいたのだから……。

春一は、昔から僕の気持ちを敏感に感じ取るところがあった。

小学生の頃、同じサッカークラブに所属していた僕らは地区大会に出場した。ふたりともスターティングメンバーに選ばれ、僕はストライカー、春一は司令塔だった。

試合中、僕の動きを確認したあと、どこにボールを出してほしいのか先読みし、そこに的確にパスを出してくれる。そのおかげで何度もゴールネットを揺らした。

小学六年の最後の試合、準決勝で負けたとき、本当は悔しくてたまらなかった。でも、かっこつけたい年頃だったから、僕はひとり平気な顔をしてチームの仲間を励ました。

帰り道でふたりだけになったとき、春一はぼそりと「負けて悔しかったね。祥平も泣いたっていいんだからな」と言って背中をなでてくれた。その手が優しかったから、素直になれた。今まで堪えていた涙が自然に流れ、僕はずっと泣きたかったんだと気づいた。

「真希ちゃん、雅代ばあちゃんと連絡はとれる？」

春一が犯人じゃないと思えたせいか、混乱した気持ちは次第に落ち着き、色々考えられる余裕もでてきた。

「携帯を持っているから大丈夫だと思う」

「春一に『僕は竜二を殺してない』と伝えてほしい。勘違いをして、僕をかばって出頭したんだと思う。春一は犯人じゃないし、誰も殺していない。きっと、すぐに戻ってくるから安心して」

真希は、ほっとした表情になった。

僕らはテレビに目を向けた。連日、報道されている中野直紀という高校生が殺された事件の続報だ。

被害者の父親がインタビューを受けている映像が流れている。何か店をやっているのか、シェフコートを着た父親は、口もとを手で覆い隠して泣いていた。何度も「悔しい」と繰り返し話している。それ以外の言葉は出てこないようだった。

僕が死んだら、父はあんな風に泣いてくれるだろうか——。ふと、そんな思いが脳裏をよぎった。

被害者は、高校の近くにある塾に通っていたらしい。その帰宅途中、路地裏に連れ込まれて刃物で刺されて殺されたようだ。殺害された日、夜の十時までは、塾の自習室にいる姿が目撃されていたという。

そんなに遅い時間まで塾にいるなんて、勉強熱心だったのだろうか。真面目な生徒だったのかもしれない。もしくは、僕と同じように家に帰りたくない理由があったのか――。

次のニュースが読み上げられたとき、真希は慌ててリモコンを取り、ボリュームを上げた。

駅のホームで高校生が何者かに突き飛ばされ、電車にはねられて死亡したというニュースだった。アナウンサーが「事件に関与したと思われる男の映像が公開されました」と伝え、画面が切り替わった。

ホームに立っている人物が映る。顔はモザイクがかけられているが、たぶんあれが竜二だ。うしろから男が小走りに近づき、全身でぶつかるように竜二を突き飛ばす。次の瞬間、線路に電車が入ってくる。

逃げ出す男の顔にもモザイクがかけられている。次に改札を駆けていく男の上半身が大きく映し出された。

その瞬間、思わず「あっ」と声をあげそうになった。

顔ははっきりとわからないが、背格好があの白髪の男に似ていたのだ。

この県内で、いったい何が起きているのだろう。もしも、竜二殺害にあの男が関与しているとしたなら――。

片桐は、写真の男の息子と竜二は、中学のクラスメートだと言っていた。

もう一度、週刊誌に載っていた『十一月六日の呪い』の内容を思い返した。

Sはノートに「こいつらを呪う」と書き残してからカッターで首を切って自殺した。翌年Sの母親があとを追うように自殺し、またその翌年にSのクラスメートだったYが飛び降り自殺した。

三人が亡くなったのは、奇しくも十一月六日。Yは、Sをいじめていたという遺書を残して死んだと書いてあった。

もしもYだけでなく、竜二もいじめに加担していたなら、むしろ首謀者だったならば……。白髪の男が竜二を殺害する動機に繋がる。

つまり、息子の復讐をしたのだ――。

そこまで考えが及ぶと、白髪の男に強い親近感を覚えた。きっと僕と同じような憎しみを抱えていたはずだ。

亡くなった妻子以外に、あの男に家族はいるのだろうか。公園で泣きながら電話をしていた相手は誰だったのだろう。

真希をひとりにするのは心配だったが、雅代ばあちゃんと連絡がとれたようなので、僕は家をあとにした。

駅前に自転車をとめ、階段を駆け上がってホームまで急ぐと、上りの電車に飛び乗った。気がかりなことがあり、もう一度展望台公園へ行こうと思ったのだ。

つり革に摑まりながら、車窓から流れる景色をぼんやり眺めた。

頭の中は、ペニーのことでいっぱいだった。留守電を聞いてくれただろうか。もう殺人なんてしなくていいのだ。そのことを早く知ってほしい。

帰宅時間と重なったせいか、電車が停車するたびに、スーツ姿の人間がどっと乗り込んでくる。

ふいに、目の前に座っている二十代の女性の唇に目がいった。

艶のあるサーモンピンクの口紅……。ペニーの口もとを思い出した。薄い唇や口紅の色が似ていたのだ。

顔を上げた女性が怪訝そうな表情を浮かべたので、すぐに窓の外に目を向けた。

スマホを取り出して確認するとメールが届いている。

僕からの伝言を聞いた春一は、「竜二を殺した」という証言を撤回したそうだ。雅代ばあちゃんは「祥平にジャガイモの天ぷらを一年分食わしてやる」と言っているらしい。いつも豪快な雅代ばあちゃんの姿が思い浮かんで、微笑ましくなる。

竜二のニュースを検索してみたが、記事はまだ数件しかなかった。

誰かの視線を感じて周囲を窺った。警察や記者に会ってから、常に見張られているような気がしてしまう。

でも、あいつを殺したのは僕じゃない。堂々としていればいいのだ。

電車を降りて、すぐに展望台公園へ向かった。

街路樹がざわざわと風に揺れている。生暖かい向かい風の中、足早に歩いて行く。

怪物はもうこの世にはいないのに、これからは真希も怯えた生活を送らなくてもいいのに、心の中にある暗雲は晴れなかった。

気持ちが落ち着かない日や沈んだときは、いつもペニーに会いたくなる。芝生のステージに立つペニーのパントマイムが見たい。

気づけば、何かに急《せ》かされるように、街灯に照らされた歩道を走り出していた。

公園の西口から入ると、ケヤキにもたれて座った。スマホを確認するも、やっぱりペニーからの連絡はなかった。

芝生を眺めていると、ペニーとの楽しい時間が甦ってくる。

ペニーは、いつも僕のうしろからそっと近づいてきて、驚かせるように肩を叩く。そのあとは、芝生のステージでパントマイムを披露してくれた。

それを観ているときだけは嫌なことを忘れられた。

パントマイムに興味を持った僕に、壁に手をつく演技やロボットダンスを教えてくれた。ぎこちなく踊る僕の姿を見ては、キャキャッと声をあげて笑っていた。その笑いにつられて、僕もよく笑った。言葉は少なくても、ペニーと一緒にいる時間は、母がいた頃のように無邪気でいられた。

いつから子どもでいられなくなったのだろう。洗濯や食事の支度を自分でやらなければいけなくなり、気づけば困ったことがあっても親を頼ることができなくなっていた。嫌なことがあった日は、教えてもらったロボットダンスを踊ると気分がすっきりした。パントマイムに魅了された僕は、入門書を買って家でこっそり練習した。上手くなってペニーを驚かせたかったのだ。

人の気配を感じて遊歩道を見ると、制服姿の警察官が周囲を確認するように歩いていた。この公園で置き引きなどが多発しているので、ただ巡回しているだけだと思ったが、こちらに向かってまっすぐ歩いてくる。

何かあったのだろうか——。

僕は自分が制服姿のままだと気づき、慌てて腕時計を見ると夜の八時だった。でも、まだそんなに遅い時間じゃない。

「すみません。目撃情報がないかお訊きしております。この写真の男性に見覚えはありませんか？」

そこには、あの白髪の男が写っていた。

背筋が寒くなる。男とは家族でも知り合いでもないのに、僕の行く先にいつもついてくるようだった。

やっぱり、竜二の殺害事件に関わっているのだろうか――。

遊歩道を見ると、他の警察官が通行人に話しかけている姿が見えた。僕だけではなく、この公園にいる人に色々訊いてまわっているのだろう。

「……見かけませんでした」

僕は余計なことを訊かれたくなくて、小さな声で答えた。

「もう一枚お願いしたいのですが、こちらの人物をどこかで見かけたことはありませんか？」

写真には、小学生の男の子を挟むように、母親らしき人物とピエロが写っている。

全身が凍りついた――。

右端に写っているピエロは、ペニーだったのだ。

血の気が引き、うまく頭がまわらない。ばらばらになったパズルのピースが多すぎて、どのピースと繋がっているのかわからない。

警察官は、何も答えない僕を促すように訊いた。

「よくこの公園に現れるピエロなのですが、知りませんか？」

言葉が見つからず黙っていると、警察官の表情が険しくなった。鋭い視線に気圧《けお》され、とっさに目をそらしてしまった。

「僕は見かけていませんが……そのピエロがどうかしたんですか？」

やっとの思いで声をしぼり出した。

暑くもないのに、額に脂汗が滲んでくる。不審に思われていないか気になったが、意外にもあっさり答えてくれた。

「さきほどの男性と同一人物なんです。この格好をしていることも多いので、念の為お訊きしました」

ある疑惑が頭に浮かび、胸が騒いだ。

警察官は急に笑顔になり、「ご協力ありがとうございました。この辺は置き引きの被害が多発していますので気をつけてください」と立ち去ろうとした。

「あの、その人がどうかしたんですか？　僕はよくこの公園に来るから、もし何かあったら不安で……」

しどろもどろになりながら、懸命に言葉を吐き出した。

「ある事件の重要参考人なんです。我々もできるだけ巡回するようにしておりますが、最近、物騒な事件が多いので、できれば未成年の方は早めに帰宅していただけたらと思っています」

警察官はそう言うと足早に遊歩道を歩いて行く。

心の中にあった疑惑が確信へ変わっていく。

あの白髪の男性は、ペニーだったのだ。竜二を殺したのはペニーの可能性が高い――。

ペニーは息子も奥さんも亡くし、誰よりも深い絶望の中にいた。

もしも、竜二が自分の息子をいじめていたとしたら、ペニーの怒りは相当なものだったはずだ。

でも、未だにあいつは何も変わっていないからだ。許せなかったのだろう。

竜二が殺害されたのは昨日の夜だ。いくら警察が優秀だとしても、こんなにも早くわかるだろうか――。そこまで考えて、恐ろしい結論に行きついた。

僕はポケットから名刺を取り出して電話をかけた。

相手は明るい声で「片桐です」と答えた。

「今日お会いした時田祥平です。ひとつだけ教えてください」

しばらく間があったあと、片桐は〈私がお答えできることでしたら〉と答えた。

「県内で起きた男子高校生殺害事件について知りたいことがあります。路地裏に連れ込まれて殺害された中野直紀という人も、あの写真の男の息子さんと同じ中学のクラスメートだったんですか？」

長い沈黙のあと、片桐は〈どうかされたんですか？〉と心配そうな声で尋ねてきた。

「片桐さん、どうしても知りたいんです。教えてください」

さっき写真の男について思い出したのに、教える必要も義理もないと思った自分が、やけに卑怯に思えた。

片桐は穏やかな声で言った。

〈ひとつだけ教えてもらえませんか。どうして中野直紀君について知りたいのですか？〉

ここで嘘をついたら片桐に見抜かれ、何も話してもらえない気がした。

「助けたい人がいるんです」

片桐はため息を吐くように〈そうですか〉と言ってから押し黙った。長い沈黙は気持ちを焦らせる。

〈『十一月六日の呪い』という内容でネットには出まわっているようですが、中野直紀君もあの写真の男性の息子さんと同じ中学のクラスメートでした〉

片桐は色々訊きたそうだったが、僕は礼を言って電話を切った。

もしもペニーが犯人だとしたなら、どうしてあんなに堂々と犯行に及んだのだろう。その疑問はすぐに消え、本当の気持ちに気づいた。

ペニーは最初から、完全犯罪なんて目指していなかったのだ。

証拠なんて残ってもかまわなかったのだろう。あいつらの息の根を止められるなら、あとはどうなってもいいと思って犯行に及んだのだ。

すぐにまたペニーに電話をしたが、やっぱり出てくれない。

少し前までの自分の気持ちを思い出した。もしも、僕が考えた殺害計画が失敗に終わり、警察にばれたら、自ら死のうと考えていた。

ばらばらのピースがあるべき場所に収まるたびに、嫌な予感は膨らんでいく。

脳裏に公園の奥にある展望台がよぎった。数年前、そこでペニーの奥さんは飛び降り自殺をした——。

強い焦燥感に駆られ、気づけば走り出していた。遊歩道ではなく、芝生を突っ切って行く。

僕が竜二を「殺したい」なんて言ったせいで、ペニーは復讐を心に決めたのかもしれない。その言葉が引き金になった気がする。

胸が押しつぶされそうなほど痛む。

顔を上げると展望台が見える。全力で走った。

僕は息を切らしながら、入り口にある進入禁止の丸い看板をよけて、展望台に続くゆるい坂道を駆け上がって行く。展望台は老朽化により取り壊しが決定していたが、ペニーはそこにいるかもしれない。

酸素が足りない。喉と肺が微かに痛くなる。部活をやめたせいで、かなり体力が落ちていた。

太腿が千切れそうなほど痛い。苦しいけれど走り続けた。息を切らして駆け上がると、坂の上にある広場に出た。

眼下には、市街地の夜景が広がっている。

静寂の中、僕の荒い息遣いだけが響いていた。

いくつか街灯があり、それぞれの下にはベンチがある。

辺りに人の気配はなく、閑散とした広場の奥には、展望台がひっそりと佇んでいた。一番上にある眺望デッキまで螺旋《らせん》階段が続いている。

眺望デッキの周りは、腰の高さくらいある壁に囲まれていた。

目を凝らして眺望デッキを見上げると人影が見えた。

その人影は、壁の上に立って空を見上げている。少しでもバランスを崩せば、今にも落下してしまう。絶望的な状況だった。

階段を駆けのぼっても間に合わない。

どうすればいい――。

ポケットからスマホを取り出し、発信履歴にある番号をタップした。手がひどく震えている。

お願い、電話に出て。ペニー、お願い……。

そんな願いも虚しく、数回呼び出し音が鳴ったあと、留守番電話に繋がった。

「ペニー助けて！　お願い！　竜二の仲間に追われているんだ。展望台の下の広場にいる。助けてペニー！」

僕はそう叫んだあと怖くなり、足下を見つめた。もう展望台に目を向けられない。

一緒にやるって約束したじゃないか……。どうしてペニーは自分のことは何も話してくれなかったのだろう。この世界で苦しんでいるのは僕だけじゃなかった。

何か物音が聞こえた気がして、おそるおそる顔を上げると、眺望デッキには誰もいなかった。

静寂の中、階段を下りる人影と足音が響いている。人影はすごいスピードで下りていた。

僕が広場の中ほどまで行くと、階段を下りた人影は弾丸のように展望台の入り口からこちらに走ってくる。

男は急に足を止めた。

僕らの間には、まだ距離がある。数歩近づいて手を伸ばしても届かない。でも、男はそれ以上近づいて来ようとしなかった。

白髪の男は肩で息をしながら、虚ろな表情を浮かべている。皺だらけの白いシャツに、灰色のズボン。ピエロのときの幻想的な雰囲気はいっさいない。写真の姿よりも頬はこけて、瘦せ細っていた。

「ケガはないか？　大丈夫なのか？」

いつもの腹話術のような話し方ではなく、澄んだ声だった。

自分のことで精一杯のはずなのに、僕を気遣ってくれた。それが胸に刺さり、目の前が涙でぼやけた。振り返れば、あなたはいつだって僕のことを心配してくれた。

「あなたは……ペニーだよね？」

その問いに、自分がピエロに扮していないことに気づいたのか、動揺したようすで少し目を落とした。

「ごめん。僕は誰からも追われてなんかいない。嘘をついたんだ」

「……どうして？」

顔を上げたペニーは、かすれた声でそう訊いた。

僕は知り得た情報を口にした。

「十一月六日、あなたは息子を自殺で亡くした。翌年の同日、この展望台で奥さんも自殺した」

ペニーは俯いたまま、身動きひとつしなかった。

「川崎竜二を殺したのは、ペニーなの？」

黙したまま、何も答えてくれない。

「中野直紀という高校生を殺したのも……ペニーなの？」

答えを聞くのが嫌なくせに、口から出てくるのは真相に迫る質問ばかりだった。

ふたりの間にある距離を縮めたくて一歩近づくと、ペニーは避けるようにあとずさった。

無理に距離を詰めようとすれば、今にも展望台に駆け上がってしまいそうで、不安を抱えたまま動くことができない。何もできない、言えない無力感に苛まれた。

「俺がふたりを殺した」

ペニーは、はっきりした口調でそう言った。

「なんでだよ。一緒にやるって約束したじゃないか」

「君にはできなかったと思う。人を殺せるような子じゃない」

「もうこの世界から消えたいと思っていたんだ。どうせ死ぬなら、あいつを殺すことだってできた」

「俺にはわかるんだ。君は人なんて殺せない」

「僕について何も知らないくせに、どうして言い切れるんだよ」

「息子に似ているんだ。だからわかるんだ」

「僕のためにあいつを殺したの？」

ペニーは微笑んだあと、かぶりを振った。

「俺は誰かのために人を殺せるほどお人好しじゃない。全て自分のためにやったんだ。妻子の復讐がしたかった。学校でいじめられていた息子は、恨んでいるクラスメートの名前をノートに書き残して死んだ。でも、血でほとんど読めなくなっていて、判読できたのは『二』と『中』という字だけだった。俺は息子のクラスメートの名前を調べて、その字が入っている生徒を割り出した」

ペニーは思い出すのも辛いのか、一呼吸おいてから続けた。「川崎竜二の父親は、あいつが十歳の頃、傷害事件で刑務所に入っていた。父親は常に暴力的で、気に入らないことがあるたびに幼い竜二を殴りつけていたらしい。母親は殴られている息子を助けようともしなかったそうだ。刑務所に入ったとき、両親は離婚したが、母親は新しい男が家に来るたびに竜二を外に出した。雨の日も、寒い雪の日も――。かわいそうな境遇を知ったとき、あいつも誰かの犠牲者だったんだと寂しい気持ちになった。だから最初は、あいつの親を恨んだよ」

いつも屈強そうな竜二からは、考えられない過去だった。そんな痛ましい過去があるからこそ、虚勢を張っていたのかもしれない。ペニーの言うとおり、あいつも誰かの犠牲者だったのだ。

誰かから向けられた理不尽な悪は、憎悪という強力な武器になり、別の誰かを切りつける。

「中野直紀も家庭環境に恵まれず、不幸な子どもだった。けれども、劣悪な環境で育った子どもたちが全員悪くなるわけじゃない。たとえ苦しい環境で育っても、思いやりを忘れずに、がんばって生きて、多くの人に愛され、大成した人もたくさんいる。だけど、そうは生きられない人間の気持ちもわかるんだ。それでも俺はあいつらを殺そうと決めた」

「……どうして？」

「一度は息子をいじめていた証拠を手に入れて、警察に突き出そうと思った。でもその考えは甘かった。あいつらはとてもずる賢くて、証拠になるものを入手することはできなかった。それだけじゃない。人の弱みにつけ込み、相変わらず残酷ないじめを繰り返していた」

そのいじめの対象のひとりが僕だった——。

「情けないが、俺はあいつらの罠にかけられ、ホープボウルで暴行された。そこで息子がいじめにあっている現場の動画を見せられた。いや、あれはいじめなんかじゃない。犯罪だ。息子は泣きながら『やめてください』と何度も懇願しているのに、あいつらは暴行をやめなかった。数年経った今も、動画を見てげらげら笑っていたんだ。腹の底から楽しそうに」

誰かが「痛みを知っている人間ほど優しい」と言っていた。

それは本当だろうか——。

竜二も中野直紀という少年も、たくさん苦しい経験をしてきたはずだ。それなのに、どうして同じように人を傷つけるのだろう。

「このまま静かに、息子と妻のもとへ行かせてくれないか。それが俺の最大の望みであり、幸せなんだ」

「本当は僕も一緒にやるはずだったんだ……」

「君が傷つく必要はない。殺人は俺が計画して、ひとりでやったんだ。誰のためでもなく、自分の欲望のためにやった」

「だったら、どうして殺害計画を考えろ、なんて言ったの？」

「あいつらが茂明をいじめていたという確証をつかみたくて、調べる時間がほしかったんだ」

それだけじゃない。きっと殺害するという目標があれば、僕が自ら命を絶つ恐れもなくなるからだ。息子の復讐をするために、誰よりも十一月六日に殺したかったのはペニーのはずだ。それなのに、僕のことを心配して殺人の実行予定日を早めたのだろう。

「自分の欲望のためだけなら、今だって何で僕を助けに来てくれたの？」

血の繋がりなんてないけれど、あなたは父親以上に、僕の父親だった。

「妻子を亡くして気づいたんだ。ふたりがいなくなったら、俺の世界は終わっていた。生きる意味、楽しいと思う感情、美しいと感じる景色が全て姿を消した。何を食べても素直においしいと思えなくなった。いや、料理がおいしいと感じたときは、妻子を守れなかったくせに、と自分を責め、嘔吐したくなる。ただ生きているだけで苦しくてしかたなかった……」

「僕はずっと暗闇の中にいたんだ。生きる希望をくれたのはペニーだよ」

「確証もないことを言うのは、どれだけ無責任な行為なのかはわかっている。それでも君の未来にはたくさんの幸せがあると信じている。だから、これからは前を向いて生きていってほしい」

どうしてだろう、腹を殴られているときよりも、ずっと苦しい。嗚咽《おえつ》が込み上げてきてうまく話せない。

「君を傷つけてしまったことは……許してほしい」

ペニーはそう言って頭を下げると、展望台に向かって走り出した。

わがままかもしれない。間違っているかもしれない。でも、このままペニーが消えてしまうのが嫌だった。

「ペニー！」

僕は悲鳴のような声で名を呼び、あとを追うことしかできない。どんな言葉も、もうペニーには届かない気がした。苦しみを消す方法なんてない。

螺旋階段を上がっていくうしろ姿を追いかけた。極度の緊張と息切れで声が出せない。歯を食いしばって階段を駆け上がる。

眺望デッキに出たペニーは、飛び降りようと素早く壁のふちに立った。

「ペニー！　僕が……」

泣きそうになるのを必死に堪えて声を張り上げた。「僕がペニーの息子になるから！」

気づけば、荒い呼吸を繰り返しながら、バカげたことを叫んでいた。でも、それは本音だった。言葉を失ったなら、心の声をそのまま張り上げるしかない。

動きを止めて、ゆっくり振り返ったペニーの顔は、くしゃくしゃに歪んでいた。それを隠すように顔を伏せた。

「僕がペニーの息子になるから……行かないで……」

僕なんかが、息子の代わりになんてなれないのはわかっている。それでも胸の奥から溢れてくる思いをとめられなかった。

それ以外、どれだけ心の中を探しても、伝えられる言葉が見つからない。

僕はパントマイムのように交互に手を出して見えない紐を引いた。ペニーに繋がっているであろう紐を引く。

顔を上げたペニーは、固まったように動かない。

どこかに紐が繋がっているのを信じて、必死で引っ張り続けた。不安に駆られて、紐が見えなくなる。見失わないように引いていく。

「ペニーお願い……行かないで」

もう一度パントマイムを見せて。僕の傍にいて、どこにも行かないで——。

必死に紐を引く。腕で涙を拭きながら力いっぱい引っ張る。

今にも飛び降りてしまいそうで、恐くてしかたなかった。

ペニーは俯いたまま、肩を小刻みに震わせている。

ここに紐があると信じて引くことしかできない。嘘なんかじゃない。本当に紐はある。きっとそれは、ペニーに繋がっている。

ペニーは唇を噛み締めて、僕の姿をまっすぐ見つめた。

僕は引く手を緩めなかった。全力で引く。また引く。

突如ペニーは、静かに空を振り仰いだ。その姿は、何かに祈っているように見えた。雲が流れて、頭上に月が姿を現す。

しばらくしてから、ペニーはふちから降りた。左足を高く上げると、右足だけで跳ねるようにこちらに向かってくる。右に、左に、よろよろ転びそうになりながら近づいてくる。

その姿が涙で霞んだ。

手を伸ばせば届きそうなところにいるペニーの姿が、幻のようにぼやけている。

もっとしっかり見たくて、涙を手で拭った。

「この紐は……ペニーの足首についていたんだね」

僕はできるだけ明るい声でそう言うと、ペニーは両肩を上げて少し微笑んだ。

「驚いたよ。パントマイムがとてもうまくなっていた。もしかしたら『パントマイム入門』を読んで勉強していたんじゃないのか?」

「どうして……その本を読んでいたのを知っているの？」

「やっぱりあれは君だったんだね。電車の中で、君に雰囲気が似ている子を見かけたんだ。俺の息子もパントマイムが好きだった。子どもの頃は、よくやってくれとせがまれたよ。ピエロの格好をして、この公園で演じていると知らない子どもたちも寄ってきて……あいつは俺のことを『戦隊モノのヒーローよりかっこいい』と言ってくれた……それなのに守ってあげられなかった」

ペニーは、ポケットから親指サイズの男の子の人形を取り出してから続けた。「妻は、小学校に入学したときにこの人形を息子に渡せばよかった、と言っていてね。もし死にたくなるほど辛い出来事があったら、お父さんかお母さんにこの人形を見せてほしい、って教えておくべきだったと、ずっと悔やんでいたんだ。言葉なんてなくてもいい。苦しい現状を話せなくてもいい。ただ見せてくれれば、必ず私たちが助けてあげるから、そう言って渡しておけばよかった。そうしたら息子の自殺を食い止められたのではないか、そう後悔していた」

ペニーは、その人形を僕にくれた。

「これはお守りだ」

何度も握りしめたのか、人形の生地は毛羽立ち、服についているSというイニシャルがめくれ上がり、色あせてぼろぼろになっている。その姿は、ペニーの心を表しているようだった。

突然、背後で「少年から離れろ！　動くな！」という大声が響いた。

驚いて振り返ると、階段付近に制服姿の警察官が三人いた。彼らは手に警棒を持っている。

階段を上ってくる足音に全く気づけなかった。

「ペニー！　一緒に逃げよう！」

そう言ったあと、逃げる場所がないことに気づいた。逃げるなら、ここから飛び降りるしかない。

ペニーは何かを悟ったような顔で首を振った。

「少年から離れなさい！」

愕然と立ちすくんでいると警察官が駆けてくる。

彼らはペニーを囲み、何か確認したあと、素早く手錠をかけた。

「その人を離して……ペニーは悪くないよ」

気づけば、僕は摑みかかっていた。

警察官のひとりが、暴れる僕を押さえながら「ちょっと落ち着いて」と困惑している。

ペニーは、彼らに促されて歩き出した。何も抵抗しようとしない。

僕は叫び声をあげながら、警察官を振り切ろうと暴れた。

「ペニーを離せ！　その人は悪くない。連れてかないで！」

腕を摑んでいた警察官は手に力を込め、「公務執行妨害になるよ！」と警告した。

ペニーは足を止めて、こちらを振り返った。

まるで「大丈夫だよ」と安心させるかのように、キャキャッと笑ってみせた。

警察官たちは一様に、ぎょっとした顔をした。でも僕には、それはペニーの精一杯の優しさだとわかった。

全身の力が抜けてへたり込んだ。

ペニーのうしろ姿を見送ることしかできなかった。

鼓動がサイレンのように悲鳴をあげて、ばくばく胸を打ちつける。

視界が暗くなり、気づけば深い闇が広がっていた。自分がどこにいるのかわからなくなる。

天を仰ぐと星だけが静かに瞬いていた。

同じ言葉ばかりが溢れ、心に問いかけてくる。答えなんて出せないから、その問いは痛みに変わる。

――本当の罪人《つみびと》は誰ですか？

僕は、ありったけの声をあげて泣いた。生まれたときは、張り上げられなかった叫び声。あのときの産声は、こんな声だった気がする。

地上では必ず誰かが泣いているのに、静かに散らばる星々は、いつだって僕らを等しく照らしていた。

第六章　審判

風見啓介——。

そのペニーの本名は、連れて行かれた警察署で初めて知った。

ペニーが逮捕された夜、取調室で事情を訊かれた僕は、竜二を殺害する計画を立て、殺してほしいと頼んだことを包み隠さず話した。

前にマンションの前で会った年配の刑事から、容疑者をかばうために嘘の証言をしているのではないか、と厳しい口調で問い質されたけれど、最後まで撤回しなかった。それなのに、僕はなんの罪にも問われず、警察署に迎えに来た父と一緒に家に帰された。

今度は父からペニーとの関係を詳しく訊かれたが、命の恩人だとしか答えようがない。それが真実だからだ。

心も身体も疲れているのに、明け方まで問い詰められ、それでも父は納得いかなかったのか、「これからは夜の八時までに帰れ」と命令してきた。門限を設けられたのだ。

どうせ自分はエリカのマンションに入り浸り、ほとんど家に帰らないのだから、門限なんて決めても意味がない気がする。父とエリカの関係が続いているのはわかっている。

父は、僕の考えを見透かしたのか、家にいるかどうか確認するため、夜の八時以降に自宅に電話をするから、と語調を強めた。

こんなときだけ父親ぶるなんていい加減にしてほしい。しつこいくらいに「今までは、お前を信じて自由にさせていた」と言うけれど、そうじゃないことくらいよくわかっている。父自身が自由でいたいために、僕に干渉しなかっただけだ。

もう誰とも話したくなかった。唯一、言葉を交わしたい相手はペニーだけだ——。

ふたりの男子高校生を殺害した事件は、瞬く間に世間を賑わし、連日ワイドショーで取り上げられた。どの番組でもコメンテーターたちが自説を述べているが、みんなどこか違っている気がする。

休日は録画しておいたワイドショーを見て、徹底的に情報を収集した。

事件のことが少しでも書かれている週刊誌があれば、すぐに買って読んだ。

今の僕には、それしかできることがなかったのだ——。

ネットニュースのコメント欄では、ペニーをヒーロー扱いする者が多くいるのに、ワイドショーのコメンテーターたちは、可能性に満ちた少年たちを殺害するのは残酷極まりなく、身勝手な犯行だとこぞって批判した。中には悲劇的な状況に置かれている自分に酔いしれていたのではないかという厳しい意見もあり、悔しさが込み上げてくる。

多くの週刊誌も一方的にペニーを悪者扱いしていたが、「ウォッシュ」だけは違った。いじめにより息子を失った男の報復殺人だと書いてあり、ペニーの経歴が詳しく載っていた。

小さな田舎町で育ったペニーは、幼い頃に母親を病気で亡くし、高校三年の頃に父親も交通事故で失った。大学への進学はあきらめて就職し、ひとりで生きていく決意をしたらしい。

住んでいた町には働ける場所が少なかったため、市街地にあるボクシングジムのスタッフとして雇ってもらうことになった。最初は受付などの事務仕事をしていたが、プロを目指す若者たちに刺激を受け、ジムのプロコースを受講するようになる。

ペニーは父親を失った悲しみを紛らわすかのように、ボクシングに打ち込んでいく。夢中で練習に励むうちに、プロテストに合格してライセンスを取得した。デビュー戦もKO勝ちし、ファイターとしてみる間に頭角を現し、フライ級の全日本新人王になるが、目の病気でボクシングから離れたそうだ。

次にペニーを魅了したのは、パントマイムだった。

大道芸を主体とする劇団に所属し、パントマイムの大会に出場して優勝するのを夢見ていた。でも、劇団の活動だけでは食べていけず、ピザ屋でバイトをする日々。そこでチャップリンが好きだった妻のAと出会う。その後、Aに子どもができたため、夢をあきらめて就職する道を選んだと書いてあった。

様々な記事を読んでいると、改めてペニーのことを何も知らなかったのだと思い知る。それと同時に容疑者になった途端、こんなにも細かく生い立ちが公表され、世間に晒されてしまう状況に驚いた。

今日発売された別の週刊誌には、ペニーは被害妄想が激しく、元々凶暴な性格だったという記事が載っていた。

息子が自殺したあと、中野直紀が息子をいじめていた犯人だと思ったペニーは、直紀の父親が経営しているケーキ屋に乗り込み、父親に暴力をふるって警察から事情聴取されたという過去があったそうだ。

昔から短気で喧嘩っ早いところがあったという内容を読み、実際の穏やかなペニーとのギャップに強い違和感を覚えた。

僕はできるだけペニーについて知りたくて、ネットでも情報を検索した。

そこで『ライフセーブの集い』という団体に行きあたり、彼らが主体となっている『風見啓介を救う会』というものの存在を知った。代表者は東京に住んでいる四十代の吉田さんという男性で、問い合わせるとメールで活動内容などを教えてくれた。

僕は東京まで行き、救う会のメンバーから説明を受けて、裁判所に提出する実刑回避の嘆願書に署名した。そのあと、ペニーと同じ会社に勤めていて、救う会のメンバーでもある丸山邦明という人を紹介された。

丸山さんは、軽い口調で話しかけてくる一見チャラそうな雰囲気の人だったので、最初は少し警戒してしまった。けれど、話をしているとペニーのことがとても好きだというのが伝わってくる。僕が緊張しているのを感じ取ったのか、〝風見室長〟のモノマネをして和ませてくれるが、今まで見てきたペニーとは違っていて、どうリアクションすればいいのか困ってしまう。

その日は、救う会のみんなと街に出て、日が暮れるまで署名活動を行った。「がんばってね」と言ってくれる人もいれば、「殺人者の応援はしたくない」と睨まれることもある。そのどちらの気持ちもわかるから、落ち込んだりはしないけれど、靴に唾をかけられたときはさすがに心が折れそうになった。

丸山さんは沈んでいる僕に気づき、「あの唾野郎に呪いをかけてやった」と耳打ちしてくる。どんな呪いをかけたのか訊くと、「犬と目が合うたびに噛まれる」という呪いらしい。なんとなく、悪い人ではない気がする。

東京まで来てやりたかったのは署名活動の手伝いだけではなく、ペニーを担当する弁護士の連絡先を教えてもらおうと思ったのだ。

吉田さんから、僕と同じ県内にいる国選弁護人の稲本大智《いなもとたいち》さんの連絡先を教えてもらい、土曜の午後にカフェで会う約束をした。

自分にできることはないか必死に考え、図書館に通いつめて裁判に関する資料を端から読んだ。特に裁判員裁判に関するものを重点的に調べた。裁判員制度で裁かれるのは、殺人や強盗致死傷罪などの重大な事件が対象になるからだ。

僕はひとつだけ力になれることがあり、どうしても弁護士に会いたかったのだ。

救う会のメンバーが、優秀な私選弁護人を紹介したようだけれど、ペニーがそれを断ったため、国選弁護人が担当することになったそうだ。

個人的に依頼した弁護人ではないから、やる気がある人かどうか会うまでは不安だったけれど、目の前にいる稲本弁護士は頼りがいのある人物に思えた。

還暦間近で、口まわりに白い髭をたくわえている。一見、頑固おやじに見えなくもないが、高圧的なところはいっさいなく、とても穏やかな話し方をする人だった。

「どうして私に連絡してくれたのかな?」

僕はクラシックが流れる静かなカフェで、稲本弁護士の目をまっすぐ見つめて答えた。

「情状証人として法廷で証言したいんです」

稲本弁護士は、まるで孫を見るような顔つきで微笑んだ。

「時田君でしたっけ？」

僕が頷くのを見てから続けた。「まずは、時田君と風見さんの出会いから教えてもらえますか」

「初めて会ったのは高校の近くにある展望台公園でした……」

僕はできるだけ詳細にペニーとの日々を話した。

その間、稲本弁護士はいっさい口を挟まずに相槌《あいづち》を打つだけだったが、全ての話を聞き終えてから、驚くことを口にした。

「時田君だけではなくてね、他にも風見さんを助けてほしいと言ってきた人物がいたんだ。君と同じくらいの歳の子だったよ」

「僕以外にも？」

「そうなんだ。その子は法廷には立てないけど、証人として手紙を書くと約束してくれた」

「それは……僕と同じようにあいつらにいじめられていた人なんですか？」

稲本弁護士は黙って頷くと、ひと口コーヒーをすすった。

「風見さんと接見したんだが、どうも君と言っていることが違うんだ。まずはそこをしっかり確認させてほしい」

稲本弁護士は鞄から何か資料を取り出すと、ペンを片手に質問した。

「風見さんは、君が小説を書くのが好きだから、何か物語を書いてほしいと頼んだと言っているんだ」

「違います。僕が竜二の殺害計画を立てて、それでペニーに殺してほしい、って頼んだんです」

「色々質問をする前に、裁判では何が大事なのかを話した方がいいかもしれないね」

稲本弁護士はどこか困り顔で顎を撫でながら言った。「殺人は有罪判決なら死刑、または無期懲役もしくは懲役五年以上の刑罰が適用されるんだ」

「ペニーを……死刑にしないでください」

改めて死刑という言葉を耳にすると鳥肌が立ち、思わずそう言った。

稲本弁護士はわかっている、というように何度も頷いた。

「風見さんは全面的に犯行を認めている。つまり、今回の裁判では量刑を争うことになる。裁判員をうまく味方につければ、我々にとって有利になるかもしれない」

「どういうことですか」

「簡単に言うと殺人は悪いことだ。けれども、そこにどんな事情があったのか、同情すべき点はなかったのか、それによって量刑は変わってくる」

「できるだけ軽くしてください」

「そのためにも、何が真実なのかがわからない状態にいる裁判員たちに、風見さんの苦しんできた状況を理解してもらい、心が動くように訴える必要がある。ときには涙を誘うエピソードも効果があるかもしれない。でもね、裁判ではただの感情論は軽視されてしまう可能性があるんだ。だから、しっかりと事実に基づいて証言していく必要があるんだよ」

「どうしたら裁判員の心は動くんですか？」

「それをこれから一緒に考えていこう」

まだ裁判は始まっていないのに、もう泣きたい気分だった。ずっとひとりで考え続けてきたせいか、目の前に助けてくれる大人がいるのが心強くて嬉しかった。少しだけ気持ちが軽くなる。

でも、稲本弁護士の穏やかな表情が急に険しくなった。

「まず、君が言った殺害計画の話だが、それはこちらのメリットにはならない。仮に君たちが殺人の計画を練って、殺害現場の下見や凶器の準備をし、相手を呼び出す連絡などをしていたら、それは殺人予備罪になる可能性があるんだ。なぜ風見さんが、君と違う証言をしているのか、その気持ちはわかるね？」

「僕を巻き込まないため……」

稲本弁護士は、深く頷いてから言った。

「それにね、事前に未成年者と一緒に殺害計画を練っていたというのは印象がよろしくない。君の殺害計画の証言は、風見さんの助けになるわけじゃない」

「それなら僕は何を証言すればいいんですか？」

「君は被害者からひどい暴行を受け続けた。そのときの気持ちを教えてほしい」

「怖い……やめてほしい、辛い、死にたい、殺されるかもしれない」

「死にたい、殺されるかもしれない、そう思ったんだね？　理由を説明できるかな」

「毎月五万払えと言われたけど、お金は続かないし、払っても殴られるときもあって、肉体的にも精神的にも追い込まれていました」

「なぜ警察に相談しなかったの？」

次々繰り出される質問に緊張してしまい、自分が実際に法廷に立っているような気分になる。

「もし警察に話したら、少年院を出てから殺しに行く、と言われたからです」

「初めて公園で風見さんに会ったとき、君を助けてくれたそうだね。そのとき、風見さんはナイフを取り出して被害者の川崎竜二に向けた。それは間違いないかな？」

「……どうしてそれを?」

「現場に殺された被害者と君だけなら公にならないことだが、そこに第三者がいたなら、そういった話は出てくるものだよ」

確かに竜二以外にも剛と冬人がいた。でもナイフを向けたことを話したら、ペニーに不利になる気がして言葉に詰まってしまう。

「今の質問は、もし証人として法廷に立とうと思うなら、検察側からの反対尋問で訊かれる可能性がある。法廷で嘘の証言をすれば偽証罪になる。訊かれないことまで正直に答える必要はないが、質問されて答えるなら最初から真実を話した方がいい」

「ペニーは……風見さんは、竜二にナイフを向けました」

「それはどうしてだと思う?」

「相手は三人いたから……だからおとなしくさせるためだと思います」

稲本弁護士はもう大丈夫だよ、と言うように微笑んだ。

「すばらしい回答だよ。裁判の前に何回か会って、いつもこうやって証人と打ち合わせをしているんだ。けれども、検察からされる質問の全てを想定できるわけじゃない。だから、困ったときは正直に答えればいい。そのことをしっかり覚えていてほしい」

稲本弁護士は息を吐くと続けた。「ただね、風見さんは君たちが証人として出廷するのは望んでいない。実は私からも君に話を訊こうと思っていたんだが、少々悩んでいたんだ。被告人に断る権利はないが、できるだけ依頼人の気持ちを大切にしたい。もしも風見さんがどうしても拒否した場合は、証人として手紙を書いてほしい。その手紙を情状証拠として私が法廷で読み上げるから」

「裁判で有利な判決になるなら、なんでもやります」

「君の風見さんを想う気持ちは、きっと我々への強い追い風になるよ」

僕は何度も「よろしくお願いします」と頭を下げた。

冷たい雨が降りしきる中、ペニーの初公判は開かれた。

秋の長雨となるはずの頃は、各地で水不足が心配されるほど晴天が続いたのに、十一月に入ってからは雨の日ばかりだった。突然の豪雨に見舞われることもあり、各地で土砂崩れなどの災害も発生していた。

報復殺人事件の報道も、二ヵ月を過ぎると静かになり、今は人気俳優の不倫や中学生が同級生を殺害した事件がワイドショーを賑わせている。

風見啓介を救う会の活動により、初公判までに嘆願書の署名は、約三千六百人分集まったそうだ。

僕が地裁の「傍聴人入り口」と書かれたドアから法廷に入ると、ちょうど傍聴席のうしろに出た。まだ開廷まで時間があるせいか、五列くらい並んだ席は満席ではなかった。一番前には、白いシートがかけられた「報道記者席」があり、そこには「報道」と書かれた腕章を巻いた人間が三人いる。「ウォッシュ」の片桐の姿もあった。

報道関係者が数人しかいないのが不思議だった。二ヵ月前まではあんなにも騒いでいたのに、もう世間は飽きたのかもしれない。

傍聴席と法廷とは低い柵で仕切られていて、法廷の奥には裁判官や裁判員が座る一段高い法壇がある。そこには長机があり、卓上のマイクスタンドやパソコンのようなものが何台か置いてあった。法廷の左側の壁には大きな液晶ディスプレイが設置されている。

満席になると思った傍聴席は、開廷十五分前でも少し空席があった。

法廷はそんなに狭くないのに、窓がないせいで閉塞感がある。

僕は落ち着きたくて、ゆっくり息を吸ってから吐き出した。

ふと、二列目の左端にいる五十代くらいの女に目がいった。頭を前後に揺らしているので目立っている。白髪が交じった長い髪を垂らし、喪服のようなスーツ姿。手には大きな数珠を持ち、何か祈っているようだった。

中野直紀か竜二の母親なのだろうか――。

咄嗟にテレビに出ていたシェフコートを着た男を捜してみたけれど、不思議なことにいなかった。あれほど悔しそうだったのに……。

三列目には救う会のメンバーが何人かいる。丸山さんがこちらを振り返って、小さく手を振ったので、軽く頭を下げて挨拶した。

丸山さんの両隣は埋まっていたので、僕は前から四列目の入り口に近い端の席に座った。左斜め前には、女子高生らしき人物がふたりいる。ひとりは髪がとても短く、活発そうな人だった。左隣には友だちだろうか、優等生っぽい落ち着いた雰囲気の人が座っている。ふたりとも緊張した面持ちだった。

僕もそうかもしれないが、今日は平日だったせいもあり、十代のふたりは特に目立っている。学校を休んだのがばれて注意されないか不安だったから、同じ歳くらいの人がいるのを見て安心した。

警察署に連れて行かれた日から、父は早く帰宅するようになり、家にいることが多くなった。だから今朝も学校に行く振りをして、制服姿で家を出て、駅のトイレで私服に着替えてから地裁に来た。

稲本弁護士は、僕以外にもペニーを助けてほしいと言っている人がいると話していた。あのふたりが情状証人として手紙を書いた人物かもしれない——。

公判が始まる数週間前、僕はもう一度警察署に呼ばれ、竜二の殺害計画について訊かれたが、「あれはペニーを助けるための嘘だった。物語を創作するのが好きだから、授業中に書いただけだ」と答えた。

結局、ペニーは僕が法廷に立つのを嫌がったので、手紙を書いて稲本弁護士に読んでもらうことになった。彼女たちもそうならペニーの味方のはずだ。

急に仲間意識が芽生え、心細さから声をかけたい衝動に駆られたが、被害者の関係者が近くにいるかもしれないのでできなかった。それに、彼女たちが被害者側の人間の可能性だってある。

敵対する気持ちを抱えている人々が、なんの仕切りもない場に集まっているのが奇妙に思えた。一歩間違えれば、争いが起こる気がする。

開廷十分前になると、法廷の左右にある長机にスーツ姿の人物が座った。

右手の弁護人席には稲本弁護士、横には黒のパンツスーツを着た背の高い凛《りん》とした三十歳前後に見える女が腰を下ろした。左手の検察官席には、四十代くらいの検察官。紺のスーツ姿で黒縁の眼鏡をかけたビジネスマン風の男だった。

三分前には、法廷の前のドアから腰縄に手錠姿のペニーが現れた。

両サイドを制服姿の刑務官らしき人に挟まれ、弁護人席の前にある長椅子に座った。上は白シャツ、下はベージュのスラックス。二ヵ月前も痩せていたが、もっと体重が減った気がする。頰には血色はなく、唇は紫色だった。

思わずペニーと声をかけたくなったけれど、ぐっと我慢した。

開廷時刻の十時になると黒い法服姿の裁判官が三名、裁判員の六名が入廷した。

法廷にいる人間が一斉に立ち上がる。

厳粛な雰囲気の中、法壇に九人が立った。法服姿の三人の裁判官は中央に立ち、その左右に三名ずつ分かれて裁判員がいる。

裁判員は二十代から六十代くらいの男女が三名ずつだ。みんな僕らと同じように強張った表情をしていた。

中央にいる裁判長が一礼すると、傍聴席の人間も礼をし、法廷にいる全員が着席した。

「それでは開廷します。被告人は前へ出てください」

よく響く声で裁判長がそう言うと、僕は自分が呼ばれたような気がして心臓がばくばくし始めた。

ペニーは少し顔を上げ、ゆっくりと証言台の前へ立った。

裁判長は本人確認の質問を始めた。

「被告人の氏名は?」

「風見啓介です」

次々に質問され、生年月日、職業、住所、本籍を答えた。

職業を訊かれたときに「元会社員です」と答えたのが気になった。事件後に会社を辞めさせられたのか、もしくは迷惑がかからないように、犯行前に辞めたのかもしれない。

「これから被告人・風見啓介に対する審理を開始します。検察官、起訴状を朗読してください」

検察官席にいる男が立ち上がり、手もとにある資料を手に取った。

「それでは、起訴状を読み上げます」

そこで検察官は一度咳払いをしてから続けた。「公訴事実。被告人は平成××年九月二十六日午後十一時頃——」

どういう罪で起訴されたのかが読み上げられていく。

ペニーは塾から帰宅途中だった中野直紀の腕をサバイバルナイフで切りつけて路地裏に連れ込み、胸部を深く傷つけて殺害した。その翌日の九月二十七日午後十一頃、ホームに電車が入る瞬間を狙い、川崎竜二の背中を押して線路に突き落として死亡させたという。

検察官は一呼吸置いてから、大きな声で言い放った。

「罪名および罪状、殺人、刑法一九九条。以上につきご審理願います」

検察官が着席すると、裁判長は黙秘権があることを説明してから、「この法廷で被告人の話したことは、全て証拠となりますので注意してください」と告げた。

「それでは被告人は、いま検察官が朗読した起訴状の内容を認めますか?」

裁判長は罪状認否を行った。

僕はペニーの背中を見つめながら、汗ばんだ手で握りこぶしを作った。これから量刑の争いが始まると思うと肩に力が入る。

「全て認めますが……ひとつだけ間違いがあります」

傍聴席が騒然となった。

弁護人も検察官も顔をしかめ、裁判員たちは呆然と被告人を見つめている。

「殺した人数が間違っています」

裁判長は表情を変えずに質問した。

「被告人、それはどういうことですか」

「私が殺害したのはふたりではなく、三人です」

傍聴人の多くが息を呑み、緊迫した空気が張り詰めた。

裁判はまだ始まったばかりなのに、目の前に真っ黒な幕が下ろされた気がした。

殺害した人数がふたりなら、死刑を免れる可能性はある。僕らはそれを希望に、ペニーを救おうと活動してきたのだ。それなのに三人殺したなんて……もう助けようがない。

全身が冷たくなり、指先が震え出す。ペニーの言葉を信じたくなかった。

稲本弁護士は眉間に皺を寄せて証言台を見つめている。手を顎にあて、少し動揺しているようすから、何も聞かされていなかったのではないかと不安になった。

検察官は聞こえるように大きなため息を吐き、弁護人席を睨んでいる。

ネットには、裁判員制度により短期間で裁判を行うために、公判前整理手続があると書いてあった。裁判の始まる前に、裁判官、検察官、弁護人が集まり、事件の争点を明確にし、証拠を開示し、公判日程なども決められているはずだ。

検察官の苛立った表情や稲本弁護士の困惑している姿を見ると、予期していないことのようだった。

「弁護人は、被告人のいまの陳述を事前に聞いていますか?」

裁判長が少し険しい声で尋ねた。

稲本弁護士は立ち上がると、落胆したような口調で答えた。

「聞いておりません」

裁判長は左右の裁判官と何か話したあと言った。

「被告人は、被害者である中野直紀、川崎竜二の二名以外にも殺害したということですか？」

「そうです」

傍聴席が再びざわざわし始め、裁判員たちも動揺したようすで隣の人と顔を見合わせている。救う会のメンバーたちは、みんな少し俯いていた。

裁判長は「静粛にしてください」と言ったあと質問した。

「取り調べを受けた際に、なぜその事実を話さなかったのですか？」

「警察に隠蔽されるのを恐れたからです。もしも、この場で真実を話させてもらえないならば、私は一生真相を語るつもりはありません」

法廷内は一気に緊迫し、検察官の顔が明らかに強張った。

裁判長は想定外のことで焦りがあるのか、早口に言う。

「弁護人に話そうとは思わなかったのですか？」

「稲本弁護士は信頼のおける、とても優秀な方です。けれども、万が一にも話が漏れ、法廷で証言できなくなることを避けたかったのです。稲本弁護士には申し訳ないですが、報道関係者もいる場で、真実を求めるこの法廷で証言したいと思いました」

ペニーは、そう言ってから稲本弁護士に向かって少し頭を下げた。

裁判長は確認するように尋ねた。

「先ほどもお伝えしましたが、法廷で被告人の話したことは、全て証拠となります。それを理解していますか」

「承知しております。私は減刑など求めません。死刑になってもかまいません。ただ、真実を明らかにしたいのです。何度も申しますが、今この場で話す機会を与えてもらえない場合は、二度と真相を語るつもりはありません」

稲本弁護士は唇を一文字に結び、ペニーを凝視している。

「検察官、弁護人、こちらへ来てください」

その呼びかけに、ふたりは裁判長のもとに集まった。

彼らの会話は聞こえない。でも、検察官の身振り手振りから、かなり憤っているのがわかる。弁護人が本当に詳細を聞いていなかったのか疑っているのかもしれない。稲本弁護士は胸を張り、じっと検察官の顔を見て何か話している。

異例の事態なのか、報道関係者のひとりが急いで部屋から出て行った。

審理は一時中断され、十分後にまた再開された。

重い空気の中、検察官、弁護人は席に戻り、おもむろに椅子に座った。

「裁判は真理を得るために行われるものです。むやみに混乱させてはなりません。被告人は嘘偽りなく、簡潔に話してください」

その裁判長の言葉に、ペニーは深く頷いてから話しはじめた。

「息子の茂明だけでなく、妻の秋絵まで失うことになってしまったのは、真実がわからなかったからです。もしも、もっと早くにいじめの真相がわかっていれば、未来は変わっていたのではないかと思っています」

ペニーは裁判長の顔を見上げて、驚くべき真相を語り出した。


一年前の九月、私の家のポストに宛名のない白い封筒が入っていました。中には、ウェブサイトのアドレスとパスワードが記載されているだけで、メッセージのようなものはありませんでした。

今振り返れば、それは罠だったのでしょう。けれども、当時はそれに気づけず、私は何かに導かれるようにパソコンにアドレスを入力して、『篠原大和について』というサイトに行き着きました。

真っ黒な背景、血のような赤い文字で書かれたサイトは、とても不気味だったのですぐに閉じようと思いましたが、「大和が中学のときにクラスメートの『S』をいじめて自殺に追い込んだ」という内容が目に飛び込んできて手をとめました。

大和は、茂明をいじめていた主犯格にもかかわらず、他の生徒がいじめていたと言いふらしていたそうです。その他にも大和の家族の氏名、父と兄の勤務先、住所、携帯電話の番号が晒されていました。

私は『S』が誰なのかすぐにわかりました。なぜなら、Sは十一月六日に首をカッターで切り裂いて自殺したと書いてあったからです。茂明と同じクラスの生徒が読めば、誰もが気づいたでしょう。

最初は、目的は定かではありませんが、茂明のいじめについて知っている誰かが、真相を伝えようとしてくれているのかもしれないと考えました。

すぐにクラス名簿と集合写真を確認し、私は篠原大和について思い出しました。

かつて大和は、茂明の死の真相を探ろうとした秋絵から金をもらい、「茂明をいじめたのは中野直紀だ」と話してくれた少年だったのです。それなのに、実際にいじめていたのは大和だと書いてあるのを読み、困惑すると同時に、もしもそれが事実ならば、絶対に許せないと怒りで身体が震えました。

それ以上に衝撃を受けたのは、大和の兄の正義《まさよし》の職業です。

正義は警察官だったのです。勤務先は私の家から一番近い交番で、すでに拳銃自殺で亡くなったと書いてありました。

その事実を知ったとき、恐ろしい想像が膨らみました。

それらの想像が現実のものかどうか確かめるため、私は公衆電話から大和の携帯に連絡し、ボイスチェンジャーで声を変えて、十一月六日の夜の七時にホープボウルの屋上に来い、と伝えました。それだけでは来ないのではないかと危惧したため、大和が茂明をいじめていた証拠を持っている。それを公にされたくなかったら必ず約束の場所にひとりで来い、と脅すような言葉もつけ加えました。

人目につかない廃墟になったホープボウルを選んだのは、大和をナイフで脅して本当のことを白状させようと思ったからです。

屋上で待ち構えていた私は、時間どおりに来た大和に「お前が茂明をいじめたのか?」と尋ねました。すると大和は、拍子抜けするほど簡単に「ごめんなさい」と謝って頭を下げたのです。それなら、どうして秋絵から金をもらい、中野直紀が犯人だと話したのか問い質すと、大和はゲームソフトを買う金がほしくて適当なことを話した、と言いました。

その軽薄で稚拙な理由に、煮えくり返るような怒りが湧いてきました。

茂明を自殺するまで追い込み、金ほしさから嘘までついた大和のことが許せませんでしたが、ある疑惑が頭から離れず、私は次に「二年前に正義が勤務していた交番はどこか」という質問をぶつけました。

勤務先がサイトに載っていた交番と同じだとわかったとき、茂明が自殺した際に自宅に来た警察官は正義だったのではないかという考えに至りました。そこで茂明の書き残したノートを発見した正義は、きっとパニックになったのでしょう。ノートには弟の名前が書いてあったのですから。しかも倒れている茂明は、大和と同じ中学の制服姿です。

救急隊が家のチャイムを鳴らしてドアを開けたとき、秋絵は彼らを茂明の部屋に連れてくるために玄関に向かった。そのときひとりになった正義は、大和の名前を消すために、ノートに血をしみ込ませたのではないか、そう推測しました。

ノート自体を葬り去れなかったのは、秋絵がその存在に気づいている可能性があったからです。後々、部屋にあった物が消えたと証言されれば、大事になると恐れたのでしょう。

最初は疑いもしませんでしたが、よく考えれば不自然なことがありました。

ノートには、名前が書いてあるページだけでなく、表紙と裏にも血がついていたのです。もしも、ノートが見開きで置いてあったなら、血が飛び散っても表紙と裏にはつかないはずだと思い、その疑問を投げかけると、驚くことに大和は否定しませんでした。

大和は、正義がたびたび自分の部屋で血のついたハンカチを見つめている姿を目撃していたのです。心配になって「大丈夫?」と声をかけると、青白い顔で頷くだけだったそうです。

正義は交番勤務でも悩みを抱えていたと言っていました。

同じ交番にいる上司からは、常に「使えないクズだ」と怒鳴られ、報告する際に少しでも言葉につまると「幼稚園児以下だな」と吐き捨てられる日々――。失敗したら怒られるという恐怖から、ますます緊張してうまく話せなくなり、家族には「上司が怖い」「仕事に行きたくない」と漏らすようになっていたそうです。

そんなとき、正義はある男性から相談を受けました。男性は妻から暴力をふるわれると訴えてきたため、警察官として親身に相談に乗ったが、上司から痴話喧嘩に深く関わる必要はない、と指示されたのです。

正義も被害者が男性だったため、それほど深刻にはとらえていなかったが、数日後、男性は妻からの暴力により重傷を負ってしまった。

後日、男性が「警察に相談していたのにしっかり対応してくれなかった」とネットに書き込んだことにより、なぜ未然に犯行を防げなかったのか、なんのために警察は存在するのか、税金泥棒と多くの人たちに叩かれたのです。

正義自身も、もっとやれることはなかったのかと自分を責め、睡眠薬がないと眠れない日が続く中、上司は庇《かば》うどころか「お前のせいで警察全体の不祥事になる」と怒鳴り散らしたそうです。

正義はそんな時期に、茂明の自殺現場に駆けつけました。

そして現場であのノートを発見した。自殺の原因が弟だとわかれば上司からまた叱責されると思い、名前が書かれているところを血で消したのではないかと考えました。

大和は「茂明が自殺してから、何かの呪いのように自分の家庭は崩壊した」と泣き出し、正義が交番で拳銃自殺したことを話しました。

ちょうど秋絵が自殺した三ヵ月後の出来事です。

身近な場所で起きた事件だったので記憶に残っていましたが、警察官の拳銃自殺はときどきあり、あまり気にかけていませんでした。

上司の横暴さが命を絶つ引き金になったのか、それとも不正に手を染めた自分を責めて思い悩んだ末に自殺したのかはわかりません。もしかしたら、その両方に苦しんだ結果だったのかもしれません。

正義の死後、母親はノイローゼ気味になり、夫との喧嘩も増えたそうです。それに加え、サイトに家族のことを晒されたせいで、家の窓ガラスが割られる被害にあい、近隣住民からも白い目で見られるようになり、篠原家は苦境に追い込まれた――。

私がサイトを作成したのは誰かと尋ねると、茂明をいじめていた仲間のひとりだと思うと答えました。

大和は自分が茂明と同じ立場になり、どれほど苦しかったのかがわかったと泣いて詫びましたが、私は本当に後悔しているかどうか確認するため、家から持ってきた新品のノートを投げつけ、いじめに加担していた生徒の名前と実態を詳細に書き込めと怒鳴りました。

そこで、初めて茂明の本当の苦しみを知ったのです。

茂明がされていたのは、いじめなどという軽いものではありません。失神するまでスポーツタオルで首を絞められ、目が覚めればまた同じことを繰り返される。一度、失禁したことがあり、それ以来、ズボンまで脱がされるようになった、と書いてあるのを読み、死にたいほど屈辱的な状況を何度も経験したのだとわかりました。

それなのにノートには、大和の名前だけが実名で、他の人間の名前は伏せられて「X1」「X2」としか書かれていなかったのです。茂明の名前さえ、最後まで「S」だったのです。

怒りを通り越して絶望を感じました。

なぜ正直に名前を書かないのかと責めると、実名を書けば、もっとひどいことをされる、これ以上家族を巻き込みたくないと泣いていました。

そのとき、いじめの主犯格は大和ではないと気づきました。

大和が後悔しているというのは嘘なのではないか、そう思ってナイフで脅して名前を書けと詰め寄ると、激しいもみ合いになり、大和は屋上から転落してしまったのです。

そこまで語ったとき、法廷内に悲鳴のような声が響いた。

「その男を早く死刑にして！　人殺し！　大和を返して！　家族を返せ！」

二列目の左端にいた女が急に立ちあがり、傍聴席と法廷との間にある柵を乗り越えようとした。

裁判長は冷静に「席に戻ってください」と伝えるが、女は髪を振り乱して同じ言葉を叫んでいる。

証言台に向かって数珠を投げつけたが、方向がそれて床にぶつかり、黒い玉が散らばった。ペニーは少しだけ顔を伏せ、その場に立ちすくんでいる。

女は法廷警備員に腕を摑まれて取り押さえられた。退廷させられるまで、ずっと「息子を返せ！　返しなさい！」と泣き叫んでいた。たぶん、大和の母親なのだろう。

中野直紀か竜二の遺族だと思ったが、まさか別の被害者の関係者だとは想像もしなかった。

法廷に静けさが戻ると、ペニーは話を続けた。

転落した大和を見て怖くなり、慌ててその場から逃げ出しました。

ノートには指紋が残っていたはずですが、量販店で購入したせいか、私に捜査の手は及びませんでした。きっと、大和が書き残したノートは遺書とみなされ、自殺と認定されたのでしょう。学校名や実名が書かれていなかったので、いじめについても問題視されることはなく、しばらく待っていても警察からも大和の親からもなんの連絡もなかったのです。

私は、茂明が残した血のノートの真相を確かめるために警察署に赴き、自殺した日に家に来た警察官が誰なのか調べてもらうと、それは正義でした。

疑惑が確信に変わった瞬間、強い怒りを覚え、ノートの不可解な血について説明し、もう一度詳しく調べてほしいと願い出ました。

すると、数週間後に警察から連絡があり、故意に字を読めなくした形跡はないと言われたのです。絨毯に多量の血が染み込み、それがノートの表紙や裏にもついたのではないか、もしくは救命活動を行う際に、ついた可能性もある、と一蹴され、相手にしてもらえませんでした。

あきらめきれずに何度も警察署に足を運んで調査を依頼しましたが、署員に嫌な顔をされて門前払いされました。

私は我慢ならず、大和の自宅に行きました。大和が書き残したノートを手に入れ、警察にいじめについて調査をしてもらいたい。「X1」「X2」が誰なのか特定してほしいと思いました。

大和の両親に会って率直に息子さんが自殺したようですが、何かあったのではないか、そう尋ねようと考えたのです。自分も息子を亡くしている身として気になったとでも言って、さり気なくノートの話を聞き出そうと思いました。

しかし、大和の家は、もぬけの殻でした。障子はぼろぼろに破れ、外壁はスプレーで落書きされ、窓ガラスは割られ、庭には空き缶の数々——。外から見てもわかるほど、家は荒れ果てた状態だったのです。

あの夜、大和が書いたノートを持ち帰ればよかったと後悔しました。しかし、冷静に考えれば、名前が書かれていないため、なんの証拠にもならず、結局犯人も特定できずにまた苦しむだけだと思い至りました。

どうすることもできないまま月日が流れ、半年以上経ってから、いじめで苦しむ人間が訪れるライフセーブの集いの掲示板で、ハギノというハンドルネームの高校生と知り合いました。

ハギノは同じ県内に住んでいる子でした。掲示板で親交を深めていくうち、実際に会うことになり、そこで怒りで身体が打ち震えるような話を聞いたのです。それは、中野直紀が中学時代に同級生をいじめて自殺に追いやったという話です。

川崎竜二も、ある少年に残虐な暴行を繰り返していました。

そこから私の復讐は始まりました。


全て話し終えたとき、傍聴席から重いため息が漏れた。

「茂明が残したノートの名前が消えていなければ、秋絵は死ななかったかもしれません」

ペニーがそう言うと、検察官が素早く立ち上がった。

「刑事裁判は、証拠のない想像を述べる場ではありません」

すかさず稲本弁護士が立ち上がった。

「その証拠をしっかり捜査しなかった警察に問題があったため、このような状況になってしまったとは思いませんか？　被告人は刑が重くなるのを覚悟のうえで、それでも真相を究明してくれと検察及び警察に訴えているのです」

検察官は稲本弁護士の言葉を無視し、証言台に近づいて厳しい口調で言った。

「被告人、あなたはいじめにあっている子どもたちのヒーローではない。そこにどんな理由があろうとも、人を殺して解決するものなどひとつもない。それを教えるのが大人の役目であり、責任なのではないでしょうか。殺人は愚かな行為です。我々はそれを許さないし、許してはならないと思っています。心から反省することなく、原因の矛先を我々に求めるのは間違っている」

一瞬にして法廷内の空気が凍りついた。

ペニーが噴き出すように笑ったのだ。

「被告人、何がおかしいのですか」

検察官の声は怒りに震えていた。

ペニーは、ゆっくりと顔をあげてから言った。

「私を裁けるのは検察官でも、裁判官でもありません。もしも、私を裁ける人間がいるとしたら、それはいじめによって子どもを亡くした遺族だけです」

連日行われるはずだった公判日程は変更になり、二回目は一週間後に行われることになった。

裁判長が閉廷を告げても、僕は身体の力が抜けて立てなかった。

丸山さんが肩を叩いて「大丈夫か?」と声をかけてくれたけれど、何も反応できない。ひとりにしてほしい、と声を絞り出すのが精一杯だった。

気づけば、誰もいなくなっていた——。

何が本当に正しいのかなんてわからない。ただ、必死に堪えなければ涙が零れてきそうだった。

ペニーが言った「私を裁ける人間がいるとしたら、それはいじめによって子どもを亡くした遺族だけです」という言葉が脳裏で何度も繰り返され、心をかき乱した。

地裁の外に出ると、多くの報道陣が集まっている。

その中に片桐の姿もあった。片桐は、僕と目が合うと軽く頭を下げただけで近寄って来なかった。

前を歩く女子高生らしきふたりに、話を訊いているマスコミがいたが、彼女たちは逃げるように足早に歩いて行く。

僕も視線を落として駆け足で門を抜け、大通りに出ると駅に向かった。横断歩道にさしかかったとき、先ほどいた髪の短い子が近づいてきた。彼女から折りたたんだ紙を渡された。

呆然としていると、彼女は駅の方に向かって走って行ってしまう。

紙には、この近くの駅周辺の地図が簡単に描かれていた。駅前のファストフード店に星印がつけられ、「ここに来てください」と書いてあった。

突然のことでびっくりしたけれど、このまま家に帰る気にはなれなかったので店に向かった。

一階を捜しても彼女たちの姿はなく、本当にこの店にいるのか不安になった。でも、二階に行くと、さっき紙を渡してきた子が「ここだよ」と教えるように少し手をあげた。テーブルには飲み物が三つ置いてある。ふたり以外に誰かいるのかと思ったけれど、それは僕の分だった。

椅子に座ると、さっき紙を渡してきた子が言った。

「急にごめんね。私は中学のとき茂明君と同じクラスだった二階堂麻美です」

続けてもうひとりが挨拶した。

「私は、風見さんが法廷で言っていたハギノです」

まさか彼女がハギノだとは思わなかったので、動揺して飲み物をこぼしそうになった。初めて会ったのに親近感を覚えた。きっと、彼女もひどい目にあっていたはずだ。

「僕は風見さんに助けてもらった時田祥平といいます」

ふたりは顔を見合わせて、「やっぱり」と話している。

ハギノは、戸惑っている僕に説明してくれた。

「麻美とは法廷で初めて会ったのよ。あなたも高校生だと思ったから、話をしてみたかったの」

僕も彼女たちを見たときから、同じ苦しみを抱えている気がして話したいと思っていた。

「ハギノさんと麻美さんは、風見さんとはどういう知り合いなんですか」

ふたりは気まずそうに顔を見合わせたあと、ペニーとの関係を詳しく話してくれた。

麻美は、何度も茂明をいじめていた人物を教えてほしい、とペニーに頼まれたのに、避けるような態度をとってきたことを後悔していた。直紀たちのことを話したら、次に標的にされるのは自分だと思い、怯えていたのだという。その後、直紀たちが殺されたのを知り、もっと早くに話していれば、こんな事態にならなかったのではないかと悩んでいた。

「だけど、もっと早く真相を話していても結果は同じだったかもしれない。そう自分に言い聞かせて、忘れてしまおうと思ったんだけど無理だった。この先ずっと苦しむくらいなら、ちゃんと裁判を見に行こうと思ったんだ」

麻美はそう話してから黙り込んでしまった。

ハギノは親友に裏切られ、竜二たちにひどい目にあわされていた。傷が深いのか、本名を言うのも恐れているようだった。

ハギノは泣きそうな表情で言った。

「私は風見さんを騙したんです」

麻美も初めて聞いたのか、困惑顔でハギノを見た。

「中野直紀から、風見さんをホープボウルに呼び出せと指示されて……私がメールを送って呼び出したの」

「どうしてそんなことをしたんですか」

僕がそう問うと、ハギノは小さな声で答えた。

「人に見られたくない画像があって、それをネタに強請《ゆす》られていたから……ホープボウルであいつらは、風見さんにひどい暴力をふるった上に、茂明君のいじめの動画を見せた」

ペニーがあいつらを殺そうと思った気持ちがよくわかった。腹の底から怒りが込み上げてくる。

「風見さんは、『どうしても堪えられないときは連絡してください。いつでも助けに行きます。どうか、自ら命を絶たないでください』って言ってくれたのに私は……。その言葉がなかったら、今頃自暴自棄になっていたと思う」

ハギノは震える声で続けた。「私が風見さんに助けを求めて相談なんてしなければ、こんな殺人事件は起きなかった気がする」

もしもペニーがあいつらを殺さなければ、自ら命を絶っていたのは、僕とハギノの方だったのかもしれない——。

僕ら三人に共通しているのは、自分のした行為を悔やんでいることだった。

「風見さんの判決はどうなるんだろう」

麻美のその問いかけに、ハギノが答えた。

「三人も殺してしまったんだから……死刑だと思う」

ふたりは「あなたはどう思う?」とこちらを見るが、賛同したくなかった。

僕たちが集まりたかった理由は薄々わかっている。苦しい胸の内を聞いてもらい、傷の舐め合いをしたかったのだ。ペニーが重い刑罰を受けるのは、被害者のせいだ。自分たちは悪くない。だけど、誰も「僕らは悪くない」とは言わなかった。ただ、ひしひしと感じるのは、あの頃も、今も自分は何もできないという無力感だけだ。

もし時間を巻き戻せるとしたら、いったい何ができるだろう——。

少し離れた席に座っている女子高校生たちが、手を叩いて笑っていた。その楽しそうな笑い声が響くほど、気持ちが深く沈んでいく。もう二度と這い上がれないほど深い谷底へ突き落とされ、あんな風に屈託なく笑える日はこない気がした。

ファストフード店を出ると、外は暗かった。

三人とも連絡先は交換せず、励まし合うこともなく、いつ治るかもわからない傷を抱えたまま別れた。たとえ法廷で会ったとしても、もう言葉を交わさない気がした。また会えば、お互いをかばい合いたくなるからだ。

被害者を悪者にしても、傷ついた心は回復しない。それをしたってペニーは救えないからだ。誰かのせいにして気持ちが楽になれるほど子どもではなく、この苦しみにどう折り合いをつけていけばいいかわかるほど大人じゃない。この中途半端な状態が苦しくて歯がゆかった。

駅のトイレで制服に着替えてから外に出ると、空は灰色の雲に覆われ、ぽつぽつと雨が降り出した。

小走りに行き交う人々とは違い、僕はゆっくりマンションまで歩いた。もう二度とペニーのパントマイムが見られないと思うと、急に涙が溢れてくる。

ペニーは、ハギノから中野直紀について聞かなければよかったんだ。麻美がもっと早く真実を話していればよかったんだ。僕が……僕になんて会わなければよかったんだ——。

雨と涙が混じった顔を手で拭いた。誰かを責めても、自分を責めても、ちっとも気持ちは楽にならない。

エレベーターを降りて、玄関のドアを開けると、黒い革靴が目に飛び込んでくる。

慌ててスマホのメールを確認すると、父から何度も連絡が入っていた。嫌な予感を覚えて立ちすくんでいると、父が部屋から出てきた。

「祥平、話があるからリビングに来てくれ」

僕が泣いていたのには気づかなかった。気づいてほしいとも思わないけれど……。

部屋に入ると、父はソファに座っていた。

「今日一日、どこに行っていたんだ?」

「どこって……学校だよ」

「担任の先生から『学校に来ていない』という連絡があったぞ」

まさか連絡がいくなんて思わなかった。裁判のことでいっぱいで、そこまで頭がまわらなかった。

「お前は、いつから嘘つきになったんだ」

僕は思わず笑いそうになった。

嘘つき? 母や僕を騙して浮気して、家族を崩壊させた奴がよく言うよ。そう言ってやりたかったけれど、もう反抗する気力もなかった。ちょっと前までは、大きく心を占めていた家族の問題が、今となってはどうでもいい。

ひどく疲れていた。誰とも争いたくない。ペニーと裁判以外のことを考える余裕もない。

「朱に交われば赤くなる。お父さんが何を言いたいのかわかるよな?」

「そういうまわりくどい言い方、うんざりする」

「もうあんな犯罪者に関わるな」

　これ以上、父の戯言を聞きたくなくて部屋を出ようと思ったけれど、どうしてもある質問をしたくなった。

「お父さんは、もし僕が誰かにいじめられて自殺したら、自分の人生を台無しにしてでも相手に復讐する？」

　父の顔がさっと曇った。

「何度も言わせるな。もうあの男には関わるな」

「質問に答えてよ」

「お父さんは人は殺せないし、家族のための復讐だとしても正しいとは思えない。どんな理由があっても人を殺めてはいけないのは常識だろ」

　あまりにも道徳的な答えで、思わず笑ってしまう。

「そうだよね……復讐は正しいことじゃないよね。安心して、もう関わらないから」

　心にもないことを吐き捨ててから、リビングをあとにした。

　蛙の子は蛙。あんたの息子だから、僕は嘘つきなんだ。

　深い絶望の中にいるときは、正しい言葉なんて胸に響いてこない。そんなものを偉そうに説教するより、今ある痛みに耳を傾けてほしかった。

もう期待するのをやめたはずなのに、誰かに縋りたいと思うほど孤独で疲れきっていた。

自分の部屋に入り、ベッドに倒れ込んだ。

父親に復讐してほしいなんて望んでいない。そんな期待もしていないのに、どうしてだろう——。

涙が止まらなかった。

窒息してしまうほど枕に顔を押しあてて、声を殺して泣いた。

ペニーが、少年を三人殺害したという証言はニュースなどでセンセーショナルに取り上げられ、連日大騒ぎになった。

三日間行われた裁判は、傍聴券を求める人が多く並び、そのほとんどが抽選に漏れ、僕も法廷には入れなかった。

判決が言い渡される日は土砂降りの雨で、とても寒かった。傘をばちばちと打つ雨の音が不快で、不安がいっそう募ってくる。

僕は、地裁の外で祈るように判決を待ち続けた。

地裁から報道記者が駆け出してくる。カメラに向かって、怒鳴るように判決を伝えている。何度も叫ぶ、何度も——。

騒がしかった周囲の音は消え、傘が手から離れて落ちた。雨がアスファルトを強く叩いている。

検察の求刑どおり、風見啓介に死刑判決が言い渡された。

第七章　祈望

ペニーへ
どうしても伝えたいことがあって、手紙を書いています。でも、いざ書こうとすると急に言葉が出てこなくなり、一度ペンを置くと今度は今ある気持ちを伝えたくなって……。さっきから、こんなことを何時間も繰り返しています。

判決が出てから、同じ疑問ばかりが溢れてくるのに、どうしても答えが出せません。結局、答えが出せないのなら、考えるのをやめればいいのですが、何をしていても頭の中から消し去ることはできず、心が苦しくなります。

ペニーは、どうして法廷で三人殺したと証言したのですか？

僕にはそのときの気持ちが理解できません。それに、なぜなのか自分でもわかりませんが、ペニーは篠原大和を殺していない気がしています。今はただの推測に過ぎず、証明はできません。でも、どうしても腑に落ちないものがあるのです。その理由をずっと探しています。

もう時間なんて戻せないのに、竜二に対してどうすべきだったのか、ずっと考え続けています。

もしもペニーに出会えなかったら、竜二からひどい暴行を受けて、僕は殺されていたかもしれません。そうならなかったとしても、自分で命を絶っていたと思います。

あの夜、ペニーは「君は人なんて殺せない」「息子に似ているんだ」と言いましたね。よく考えればそのとおりだと思います。チャンスがあったとしても、僕は竜二を殺せなかっただろうし、そういうところは茂明君に似ているのかもしれません。

多くの人は「死ぬ勇気があるなら、もっとできることがあるはずだ」と言いますが、本当にそうですよね。もしも死ぬ勇気があるなら、憎んでいる相手を殺すことだってできるかもしれないのだから――。

でも、相手を傷つけずに、誰も巻き込まずに自殺した茂明君は、最後まで人としての優しさを持ち続けていたのかもしれません。

それならペニーは優しさのない人間だったのか、と問われたら、それも違う気がします。やっぱりどれだけ考えても明確な答えなんて出せないから、こんなにも涙がとまらないのでしょう。

あんな判決が出るくらいなら、あのままペニーを死なせてあげた方がよかったのではないか、余計なことをして苦しめてしまったのではないか、そう自問し続けています。

ただペニーを失いたくなかった。何もできない僕を許してください。

もう一度、ペニーと一緒にパントマイムがしたい。毎日、そう願っています。


死刑判決が言い渡されたあと、ペニーは控訴しなかった。

確定死刑囚になると面会や文通などの接見交通権が制限されるのを知り、僕は稲本弁護士に手紙を託すことにした。

監獄法の改正や廃止により、死刑囚に対する制限は緩和され、家族以外でも文通ができるようになったようだけれど、実際は拘置所長が認めなければ難しいらしい。でも、稲本弁護士から、ペニーは真面目に生活し、態度も従順なため、文通ができる可能性が高いと励まされた。

初めて出してから数ヵ月が過ぎた頃、ペニーのもとに手紙が渡ったという連絡を受けた。

それから何通もの手紙を書いた。

返信は一度もないけれど、学校の教室、ファストフード店、図書館、展望台公園、色々な場所で書き続けた。手紙を書くのはペニーのためではなく、僕自身のためだった。書かなければ心の中に溜まった後悔や罪悪感などの負の感情が溢れ出してきて、息苦しくなるからだ。

裁判を傍聴した人のブログを読むと、ペニーは最後まで「自分のための殺人だった」と言い続けたらしい。でも、僕はそう思えなかった。

ハギノは、ペニーとファミレスで会ったとき、「どうしても堪えられないときは連絡してください。いつでも助けに行きます」と言われたと話してくれた。

僕も父親のように優しいペニーの姿しか思い浮かばなかった。

死刑判決が言い渡されてから何もやる気が起きず、未来に希望なんてもてるはずもなく、どうにか日々を過ごしていた。

今までの生活と変わったのは、ガソリンスタンドでバイトを始めたことだ。父には頼らずに、どうしても金がほしかったのだ。

始めた頃はガソリンの臭いが苦手だったけれど、最近はほとんど気にならなくなり、てきぱきと仕事をこなせるようになった。学校が終わってから夜の八時半までバイトをし、クタクタになって帰宅するという冴えない生活を送っていた。

少し前までは早く帰宅していた父も、最近では朝帰りをする日が増えた。たまに父が早く帰る日は、何も話すことがなく、お互い気まずい雰囲気になるので、そんなときは自分の部屋にこもっている。近くにいるのに、とても遠い存在だった。

バイトが終わってから、まっすぐ帰りたくなくて、自転車であてもなく走り続けるときもあった。

今日もバイト帰りに自転車を走らせている。

暑さが和らいだ九月の下旬が好きだ。星空を見上げながらペダルをこいだ。

弓なり月を目にした夜、芝生の広場で「住処は月、家族はあの星たちだよ」と言ったペニーの言葉が甦った。何も知らなかったあのときは、ふざけているだけだと思って軽く聞き流した。けれど、今思い返すと泣きたくなるほど重い言葉に変わる。

このまま展望台公園まで行きたいが、距離を考えると現実に引き戻され、家の近くの河川敷を走るのがオチだった。

走り疲れて帰ると、駐輪場付近に人影が見えた。ゼラニウムが植えられた花壇の前で、下を向いて立っている。

腕時計を見ると九時過ぎだった。

「こんなところで何やってるんだよ」

僕の声を聞き、春一は気まずそうに顔を上げた。

話しかけるのは何ヵ月ぶりだろう。学校で会っても、お互い目さえ合わさなかった。

春一が警察に出頭してからは、何度も声をかけようと思ったけれど、どうしてもできなかった。クラスメートたちからの聞こえよがしの悪口は減ったが、相変わらず友だちのいない、嫌われ者の僕が校内で声をかけるなんてできない。誰が見ているかわからないからだ。

結局、意識しているのに避けるような態度を取り続けるしかなかった。春一も気まずいのか、廊下ですれ違うときは決まって顔をそらして足早になる。

「もしかしてずっと待っていたの？　メールしてくれればよかったのに」

僕がバイトを始めたのは知らないはずだ。自転車がないのを見て、ここでずっと待っていたのだろうか……。

「俺はさっき来たばかりだから大丈夫」

春一はそう言うと少し視線を落とした。

「なんであんなことしたんだよ」

僕は自転車をとめると、思い切って訊いた。

「妹を守りたくて……自分も守りたくて、だから祥平を陥れるようなひどいことをしたんだ」

「そうじゃなくて、どうして警察署で嘘の供述なんてしたの？」

春一は目を丸くしたあと、「あぁ、そっちか」と呟いてから言った。

「俺はてっきり祥平が竜二を殺したと思ったんだ。両親がいなくて寂しいときに、祥平はそばにいて励ましてくれた。困ったときはいつも助けてくれたのに、俺は裏切って……最低なことをしたんだ。祥平が竜二に殴られているのを見たとき、何度もあいつを殺してやりたいと思った。ふたりで闘えばよかった。ふたりじゃ足りないなら三人で、四人であいつに立ち向かえばよかったんだ」

春一は何かに気づいたように息を呑んだあと、沈んだ声で続けた。「こんなポジティブな考えは、あいつが死んだから言えるんだよな。それなのに調子のいいことばっかり言って、本当にごめん。竜二が生きていた頃には強気な発言なんてできなかったのに……」

「ガススタでバイト始めたんだ」

僕はこれ以上春一の暗い顔を見たくなくて、唐突に話題を変えた。

春一は驚きもせず、小さく頷いた。

「バイトしてること、知ってた」

「どうして」

「謝りたくて何度も祥平のあとをつけたんだ。でも、ずっと声をかけられなかった……」

真面目な顔つきで、探偵のようにこっそりついてくる姿を想像したら、思わず笑ってしまった。

春一も「なんだよ」と言って笑ったあと、少し神妙な顔つきになった。

「俺は竜二が死んだとき、すごいほっとしたし、嬉しかったんだ。でも、自分がいる世界が安全だと思えたら、急に祥平のことを考える余裕ができて……すごい情けなくなった。いまさら謝っても許してもらえないかもしれないけど……」

「もういいよ。それより手伝ってほしいことがあるんだ」

僕がまだ何も説明していないのに、春一は小学生の頃のような無邪気な笑顔で「いいよ」と即答した。

心地いい風が、花壇のゼラニウムを揺らしていた。

ペニーへ
同じ会社にいた丸山邦明さんを覚えていますか？　ちょっと変わった人だけれど、とてもいい人ですね。
僕がペニーからもらった人形をいつも握りしめているのを不思議に思ったのか、丸山さんから色々訊かれたので話したところ、彼はある活動を始めました。丸山さんが主体になり、ライフセーブの集いが協力しているようです。
人形を作った秋絵さんの遺志を継ぎ、小学校に入学する子どもたちに白と青の二連になったリストバンドを配っています。それは『ライフバンド』と呼ばれ、精神的に追いつめられ、死にたくなるほど苦しい状況に陥ったときに手首につけ、親に助けを求めてほしいという願いが込められたものです。

子どもたちがうまく言葉で説明できなくても、ライフバンドをつけているのを見たら、親は話を聞き、彼らを守ってあげようという運動です。

子どもたちの自殺を減らすために、みんな必死に活動しています。

ペニー、ひとつだけ教えてください。

あなたは、本当に篠原大和を殺したのでしょうか？

前の手紙にも書きましたが、僕にはどうしてもペニーが殺したとは思えません。筆跡鑑定の結果、いじめの実態が書かれたノートの文字は篠原大和のもので、そのノートからはペニーの指紋が検出されました。

でも、僕は事件の詳細をまとめていくうちに、胸にあった違和感の正体に気づきました。

初公判が終わった日、二階堂麻美さんという人と知り合いました。麻美さんは、ペニーから何度も「息子をいじめていた相手を教えてほしい」と頼まれたのに、正直に話せなかったと後悔していました。

ペニーは麻美さんに会ったとき、「茂明と大和君を自殺に追い込んだのは、きっと同一人物です。サイトを作った人物がいじめの首謀者なのではないですか」と言ったそうですね。

もしも、ペニーが篠原大和を殺したのなら、「同一人物」という言い方はしないと思いました。なぜならば、ペニーが篠原大和を殺した犯人なら、茂明君を殺したのもペニーになるからです。でも、それは有り得ません。

篠原大和は、本当は自殺だったのではないでしょうか？

中野直紀からのいじめや彼が作ったサイトによって窮地に立たされた篠原大和は、自ら屋上から飛び降りたのではないか――。そう考えた方が自然だと思いました。

もしも法廷で証言したように、ナイフで脅して詰め寄り、屋上から落下してしまったのなら、そのあと証拠のノートだけは持ち帰るのではないでしょうか。

ペニーは、被告人質問でそのことを尋ねられたとき、「慌てていたのでノートを置いてきてしまった」と答えましたが、僕はどうしても納得できません。いくら慌てていたとはいえ、茂明君のいじめの実態が書かれた大事なノートを、ペニーが置き忘れるとは思えないからです。

だから、なぜ三人殺害したと証言したのか理由がわかりません。たとえ間違っていても、自分なりの答えが導き出せたのなら、それほど苦しくはないのですが、今ある僕の世界は答えの出せないものばかりで辛いのです。

いつか真実を教えてもらえたら……そう願っています。

ペニーについて思うとき、最初に頭に浮かんでくるのは「ごめんなさい」という言葉です。もしも、僕からの手紙が迷惑なときは連絡をください。

日曜の夕方、バイトから帰るとマンションの前に「ウォッシュ」の記者、片桐の姿があった。

僕は思わず身構えてしまう。死刑が確定してから、マスコミはこぞってペニーを悪く書いていたからだ。

「ウォッシュ」の記事も、最終的にはペニーが悪いという内容だった。

数日前から何度か携帯に連絡があったが、僕は何も話したくなくて出なかった。

「自宅の前で待ち伏せをしてしまい、申し訳ありません」

そう言いながら律儀に頭を下げた片桐に、僕は嫌みを言った。

「週刊誌は僕らのことを好き勝手に書いていますね」

「いじめを受けていた少年たちは犯罪者をヒーロー扱いし、心酔していた。そう書いてある雑誌もありましたね。それは間違っている内容ですか?」

「心酔なんかじゃない」

「では、どのような気持ちだったのでしょうか。世の中にはあらゆる情報が蔓延していて、中にはもちろん誤報もあるでしょう。時田君は我々のような仕事を嫌うかもしれませんが、間違った内容を正すのもマスコミの仕事だと私は考えています」

「あなたたちの書くことがいつも正義なんですか？　何をもって正論だとか、間違っていると言うのか僕にはわからないけど、この世界では少数派の意見は全て間違いにされるんだ」

「それは違います」

「ごまかさないでください。息子の復讐だとしても殺人は許せないんですよね？」

片桐は、僕の目をまっすぐ見つめたまま答えた。

「許せません。私はどんな理由があっても人を殺してはならないと考えています」

「もしも、片桐さんの家族や恋人が誰かにひどいことをされて自殺しても同じことを言えますか」

目を伏せてしばらく考え込む姿に、少しだけ誠意を感じた。でも、片桐は顔を上げると同じ言葉を口にした。

「やはり私は、どんな理由があっても人を殺してはならないと思います」

「それなら、どうして僕に話を訊くんですか？　僕はあなたが望んでいるようなことは話せません。意見が違う相手を叩いて、面白おかしく書こうとしているんですか」

片桐は黙ったまま首を振ってから答えた。

「やはり殺人は許せません。それでも同じ人間として、人を殺したくなるほど苦しい気持ちやそこにあった痛みには寄り添えます。私は時田君や加害者や被害者遺族の苦しみを面白おかしく書きたいわけではありません。事件の中にあった苦しみを書くことで、人を傷つける行為が、後にどれだけの不幸を呼ぶのかを知ってほしいと思っています。どこかで誰かが同じ過ちを繰り返さないために」

「それを書いたってこの世界から犯罪はなくならない」

僕は本音を吐き捨てるように言った。

「それでも今回の事件から学ぶことは多いと思っています。誰かを責めるのではなく、自分の中にも同じ悪の芽はないか、そう省みてくれる人もいるはずです」

「片桐さん、僕は気づいたんです」

その言葉に、片桐は少し首を傾げた。

怒りをぶつけたい相手は、記者でも裁判官でも親でもない。そんなことはずっと前から気づいている。こんなにも不甲斐なくて、悔しいのは……。

「自分は無力だって……情けないほど何もできない人間だって気づいたんです。僕は篠原大和を殺したのは風見さんではないと思っています。でもそれを証明する能力がありません」

素人の推測なんて鼻で笑われると思ったが、片桐は真顔で「あなたと同意見です」と頷いた。

警察は茂明が書き残したノートを、正義が隠蔽した証拠は見つからなかった、と発表した。

「片桐さんが風見さんの知りたかった真実を見つけてください。篠原大和のこともお願いします」

僕は膝につくほど頭を深く下げてから歩き出した。

「時田君、誰かのために頭を下げられる人は無力ではありません」

驚いて振り返ると、片桐は意志の強そうな眼差しでこちらを見ていた。

「私は時田君との約束を守れるように努力します。雑誌に載っていた性格占いの結果では、どうやら私は『執念深いタイプ』らしいですから」

さきほどまでの緊迫した空気は消え、片桐は笑顔をみせた。

「僕は……ウォッシュの『奇妙な事件簿』が大好きでした」

「あれは私の担当ではありませんが……でも、ありがとう」

もう一度頭を下げてから歩き出した。

マンションのポストに手紙が届いていた。それはペニーからだった。

不安が脳裏をかすめる。「もう手紙はいらない」と書かれているのではないかと思い、その場で開けて読んだ。手が震えている。

——私のことは心配しないでください。死への恐怖はありません。君が心を痛めていることが一番苦しいです……から始まる数行の短い手紙だった。

ペニーへ

ペニーからの手紙、本当に嬉しくて何度も読み返しました。

学校帰りに展望台公園の芝生の広場に行くと、いつもペニーのパントマイムを思い出して少し寂しくなります。

この前、公園でピエロの格好をしてパントマイムをやったら、二千三百円稼げました。まだ下手なのにたくさんの人たちが笑ってくれたのを見て、思い切ってやってよかったと思ったし、僕もすごく楽しい気分になれました。

パントマイムをしているときだけは、嫌なことが忘れられます。もしかしたら、ペニーもそうだったのではないでしょうか。

高校二年になり、そろそろ行きたい大学や将来の夢について考えなければならないのですが、夢も目標もまだ見つかりません。

自分の未来は想像できないけれど、今叶えたい夢はあります。それはひとりでは叶えられません。ペニーの協力が必要です。

どうか、十一月六日の朝十時頃、空を見上げてください。僕も同じ時間に空を見上げます。

ただペニーと同じ空を見たいのです。


稲本弁護士から、ペニーは拘置所で規則正しい生活を送っていると聞いた。

毎日のスケジュールは、ほぼ同じらしい。朝の七時に起床し、七時半に朝食、十一時五十分に昼食、十六時二十分に夕食、就寝は二十一時らしい。週に三回、月、水、金曜の十時頃に屋上にある運動場に出て、三十分間縄跳びなどの運動をしているそうだ。

僕はネット通販サイトで風船とヘリウムガスのボンベをいくつか買い、届け先の欄に春一の家の住所を入力した。うちにそんなものが届いたら、また何を言われるかわからない。面倒になるのを避けたかったのだ。

日曜日、春一の家に行き、ネット通販で買った商品をダンボールから取り出した。

「風船ってこんなに種類があるんだ。子どもの頃は好きだったなぁ」

丸山さんはそう言って、僕の隣で目を輝かせている。

今日は、丸山さんと一緒に春一の家に泊まらせてもらうことになっていた。

「専門店で色々な種類の風船を買ったんです」

僕は自慢げに言った。

「風見室長驚くだろうな」

丸山さんは、相変わらず「風見室長」と呼んでいる。

ペニーは犯行の三日前に会社に退職願を出したそうだ。それを知った丸山さんは何度も携帯に連絡をしたが、ずっと留守電だったらしい。

「朝までに仕上げちゃおう」

雅代ばあちゃんの天ぷらで腹を満たした僕らは、風船にヘリウムガスを入れていく。風船の口を縛り、紐をつけるのは雅代ばあちゃんと真希が手伝ってくれた。

色とりどりの風船には、星や水玉などの柄がついているものもあり、真希は青色の地球の絵柄が気に入っているようだった。

作業は夜遅くまで続き、零時を過ぎた頃には、雅代ばあちゃんはうたた寝を始めた。春一が「先に寝て」と言ったのに、「ばあちゃんはまだ眠くない」と言い張り、結局、僕らの近くですやすやと寝始めた。

丸山さんには早朝から運転してもらうため、隣の部屋で休んでもらった。

見上げると天井にカラフルな風船がたくさん張りついている。畳の部屋に風船が浮いているのが面白かった。

何百という風船を作り続け、やっと全てにヘリウムガスを入れ終えた。廊下や台所、風呂場まで風船が浮いている。

縁側に面した庭に出てから、部屋の隅に丸めて置いてある紙を広げた。大きな画用紙を透明なガムテープで貼り合わせて巨大な一枚の紙にしたものだ。

凧を作るときに使う割り竹で、紙の裏に骨組みを作っていく。紙が破けないように上部にガムテープを貼り、そこに穴をあけて風船の紐を取りつけていく。紙の下にもガムテープを貼り、持ち手になる紐を通していった。

「小学生の頃、卒業記念でスパイダーマンの壁画を作ったの覚えている？」

僕は急に懐かしくなり、春一にそう訊いた。

「あれダルかったよなぁ」

「そうそう。あのときはつまらなかったのに、なんで今回はこんなにも楽しいんだろう」

「どうしても見せたい相手がいるからだよ。あの壁画、誰に向けて作ってたのかよくわからなかったもん。もしかしたら有名な画家も、誰かひとりのために絵を描いていたのかもよ。この絵はどうしてもこの人に見せたいっていう相手がいてさ。だから名画なのかも」

僕もそんな気がしてきて「そうかもな」と言って笑った。

「春一には関係ないのに、手伝ってもらって悪かったな」

「不思議だけど、俺にとってもペニーは他人に思えないんだ」

予想外の言葉が嬉しかった。そういえば小学生の頃は、春一が好きだというものが、なんとなく好きになれた。逆もあるのかもしれない。

「成功するかな」

「成功しなかったら何度もやればいい」

「そうだよな」

サッカークラブに所属していたときに交わした会話を思い出した。

ダメだったら次の試合でがんばればいい——。

大人になると、だんだんと『次』がなくなっていく気がする。それでも「また次がんばればいい」と言ってくれる人がそばにいてくれたら、人生はそんなに悪くないと思えた。

完成したのは早朝だった。まだ外は薄暗く、周囲には僕ら以外誰もいない。

丸山さんを起こしてから、春一の家の近くにある駐車場まで行き、そこにとめてあるトラックの荷台を開けた。丸山さんが借りてくれたレンタカーだ。

荷台は、側面から積み降ろしできるようにウィングボディになっている。天井の中央を谷折りにし、羽を広げるように側面を開く。荷台に画用紙がついた風船を詰め込んだ。

すべての準備が整ってから、雅代ばあちゃんが用意してくれた大きな弁当を持ってトラックに乗り込んだ。運転席には丸山さん、その隣に僕、春一の順で座る。

雅代ばあちゃんと真希も見送りに来てくれたが、「ばあちゃんも風船が飛ぶところが見たいから連れていけ」と駄々をこねて大変だった。

出発寸前まで皺だらけの顔を歪めて「連れていかないと後悔するぞ」と言っている姿が可愛かった。春一が窓から顔を出して振り返ると、雅代ばあちゃんは不機嫌そうなのに、大きく手を振って見送っていたらしい。

高速に乗ってからは、もう後戻りはできないという思いが強くなる。

「もしも今からやることが法に触れるなら、丸山さんは大人だから僕らよりも罪が重くなるかもしれませんよ。大丈夫ですか」

僕は急に不安になり、そう尋ねた。

「かまわないよ。そのときはあの髭の弁護士さんに助けてもらうから」

きっと稲本弁護士のことだ。あの人なら本当に助けてくれそうな気がする。

「俺は室長がいなかったら、とっくに会社を辞めていたと思う。続けられたのは、あの人のおかげなんだ」

「ペニーはいい先輩だったんですか」

「部署は違ったけど、すごくいい先輩だった。入社したての頃は領収書や交通費の精算でミスをして、よく経理部から怒られたんだ。そのとき、丁寧に教えてくれたのが、当時経理部にいた風見室長だった」

丸山さんは目を細めて遠くを見つめながら続けた。「俺は店舗開発部という部署にいるんだけど、初めて新店舗を任されたときはすごく緊張したよ。調査した土地で問題ないか、客に来てもらえるか、採算の見込みはあるのか、とにかくもう不安だらけだった。だから、風見室長に色々相談して励ましてもらっていたんだ。でも休みの日も落ち着かなくて、店に何度も足を運んで店長に話を訊きに行った。売上は順調か、何か問題はないか、ってね。半年が過ぎた頃、土曜の夜にまた店を訪ねたら、風見室長の家族が三人で食事をしている姿を見たんだ。食べに来てくれたんだな、って嬉しくなって室長のテーブルに行こうとしたら、店長が『あの人たちは毎週土曜日に来てくれる常連さんだ』って教えてくれた。風見室長の家から店までは、車で四十分以上かかるのに毎週来てくれていたらしい。あの人は、そういう優しさのある人だった」

どうして丸山さんがここまで親身になってくれるのかがわかった。丸山さんにとっても
ペニーは、心の拠り所だったのかもしれない。

「あのとき、店で見た家族三人の楽しそうな顔が忘れられなかった。がんばって店を作ってよかったな、って本気で思えた。それなのに……あの家族にあんな悲劇が起きるなんて考えてもみなかったよ」

春一は窓の外を眺めながら、ぼそりと言った。

「人間って不思議ですね。ある人にとっては善人で、ある人にとっては悪人になる」

「同感だよ」

丸山さんはため息交じりに答えた。

首都高速を降りて、ペニーが収監されている拘置所が近づくにつれ、僕らは口数が減り、車内には緊迫した空気が漂い始めた。

拘置所の周囲は、コンクリートの高い塀に囲まれているイメージがあったが、そういったものはなかった。でも、広大な敷地に建つ大きな建物は迫力がある。

土手沿いの道を走ると、拘置所の近くにコンビニがあり、その駐車場にトラックをとめた。

時間は予定どおり、十時ジャストだ。

運よく風は、拘置所の方に流れている。

トラックの荷台のウィングボディを開ける。開けた瞬間、僕らは手持ちの部分の紐を持って、コンビニ脇の細い道を走り出した。

紐がぐんぐん伸びて風船が空へ舞い上がる。

警備員が駆けつけてくるのは時間の問題だ。もうあとは祈るしかない。

小さくなっていく風船を見つめながら「ペニー」と呟いた。

＊

あの少年に初めて会ったのは、休日によく訪れる展望台公園だった。

会社の創立記念日で休みだった俺は、ピエロの格好をして子どもたち相手にパントマイムを披露していた。

コンビニで飲み物を買ってから、また戻ってきたとき、制服姿の少年がもつれる足取りで公園内に駆け込んできた。少年は俺の肩にぶつかったが、ピエロの格好をしているのも目に入っていないのか、振り返りもせず、自分の足元だけを見て全力で駆けて行った。

少年のあとを三人組が追いかけて行く姿を見て、ただ事ではないと思い胸がひどく騒いだ。

三人のうちふたりは、少年と同じ高校の制服姿、もうひとりの体格のいいスウェットを着た男は真っ赤なスニーカーを履いていた。茂明のクラスの集合写真を見たことはあったが、それが竜二だったとは、後に卒業アルバムの個人写真を見るまで気づかなかった。高校二年になった竜二は、華奢だった頃の面影はいっさいなく、筋肉質で目つきが悪く、威圧感を醸し出していた。

あのとき、真っ赤なスニーカーと少年の泣き出しそうな顔が脳裏に焼きつき、しばらく立ちすくんでいた。

息子を思い出してしまったのだ——。

茂明も、あんな風に毎日何かから必死に逃れようとしていたのかもしれない。学校という狭い世界に逃げ場などないのに……。

三人組が「逃げるのが得意なクズ」と笑っているのを聞き、身体が自然に反応し、彼らのあとを追った。

ボクシング経験があったため、一対一ならば勝てる自信があったが、相手は三人、しかもひとりは大柄な体つきだ。いざというときのために、紐を切る際に使うナイフをポケットに忍ばせて彼らのあとを追いかけた。

芝生の広場の先にある雑木林の中に入ると、ドスドスという鈍い音が聞こえてきた。三人は、地面に倒れた無抵抗の少年を蹴っていたのだ。制服姿の少年たちは手加減をしているように思えたが、竜二は本気で暴力をふるっている。大きな赤いスニーカーが何度も少年を踏みつける。

すぐに助けに入ろうと思ったが、俺は驚いて足を止めた。普通なら泣いてもおかしくない場面で、少年は笑っていたのだ。

微笑をたたえている口もとから「もういいよ、殺せよ」という言葉が出たとき、少年の姿が茂明と重なって見えた。

茂明は臆病なところがあったが、それを見せようとしない強さを持っている子だった。

六歳の頃、階段で転倒して骨折し、緊急手術になったとき、秋絵は心配でずっと泣き続け、俺も手術が成功するか不安でしかたなかった。初めての手術で茂明も怖かったはずなのに、秋絵が泣いている姿を見て「ママ元気出して」と励ましてくれた。

公園で玩具を取られた友だちを見て、自分よりもずっと身体の大きな男の子にぶるぶる震えながら立ち向かっていったこともあった。男の子がスコップで叩こうとしても逃げなかった。遠くで見ていた俺が駆けつけて何事もなくすんだが、一歩間違えれば怪我をするところだった。それなのに茂明は「ちっとも怖くないし、平気だよ」と青白い顔で笑ってみせた。

　雑木林で少年が「もういいよ、殺せよ」と言ったときの顔と、そのときの茂明の姿が瓜二つだったのだ。

　どうにか三人組を追い払い、俺はピエロのまま少年に事情を訊いた。

　高校生は難しい時期でもあり、四十代の見知らぬ男が尋ねるよりも、ピエロの方が素直に話してくれる気がしたのだ。

　少年がとても辛い環境に身を置いているのを知り、俺は何か手助けできないか考えた。茂明にはしてあげられなかった後悔の念が、気持ちを掻き立てたのかもしれない。

　茂明が幼かった頃は、よくピエロの格好をしてパントマイムを演じたが、中学にあがってからはほとんどやらなくなった。それなのに妻子を亡くしてからは、ピエロの格好をすることが増えた。唯一気が休まるのは、公園でパントマイムをしているときだけだったからだ。

　ひとりきりの家に帰って、どうしても辛くなったときは、遅い時間でも公園に行き、ピエロになりきって芝生を飛びまわる――。星空を見上げてパントマイムをしているときは何もかも忘れられた。くたくたになるまで身体を動かした夜だけは深く眠れるのだ。

　ピエロのジャンプスーツに着替えて、顔にマスクを装着し、かつらをつけてから鏡台の前に座り、引き出しから秋絵のお気に入りだったサーモンピンクの口紅を取り出して、慣れない手つきで塗った。

秋絵は気分が落ち込んだときに、「この口紅をつけると元気がでるの」と嬉しそうに言っていた。それは茂明が中学の頃、母の日にプレゼントしたものだ。

茂明がデパートの化粧品売り場で、どの色にしようか真剣に悩んでいたのを覚えている。結局、秋絵の好きだった色を買った。

俺は口紅を塗ると秋絵と一緒にいられる気がして、少しだけ明るい気持ちになれた。

今思えば、不思議な運命に導かれた気がする。

決して自分を正当化するつもりはない。けれども、もしもあいつらが更生し、真っ当な人間になっていれば、殺害はしなかった気がする。大和の兄の正義が、ノートを隠蔽しなければ、もっと早くに犯人がわかり、秋絵は命を絶たなかったかもしれない。全て何かに導かれた気がしてならなかった。

この状況でも真っ当な人間でいられるかどうか、俺は神に試されたのかもしれない。仮にそうだとしても、大切な妻子を傷つけられてまで、耐えなければならない試練なのだろうか。そう思うと神を呪った。

妻子を亡くす前までは、自信を持って殺人は悪いことだと言えたし、自分は絶対にやらないと断言できた。だからこそ、殺人を犯してしまう人間の気持ちはわからなかったし、たとえ戦争になったとしても敵を殺せないと思っていた。

茂明の一周忌を迎えた日、俺と秋絵は有休をとって墓参りに行く予定だった。

朝起きてリビングに行くと、テーブルには三人分の朝ごはんが用意されていた。茂明が亡くなってからしばらくは、三人分の食事が用意されていたが、最近はふたり分だけだった。不安を感じたが、今日は特別な日だから用意したかったのだろう、と自分に言い聞かせた。

そのとき携帯が鳴り、会社から俺が作成した見積書にミスがあるのではないか、という連絡を受けた。茂明が亡くなってから眠れない日もあり、仕事上のミスが増えていた。部長の再チェックのおかげで事なきを得て、出社する必要はなかったが、情けなさと申し訳ない気持ちで心が沈んだ。

それなのに秋絵から、そんなに仕事が気になるなら、今から会社に行ってもいいのよ、と冷たい声で言われ、俺は唖然としてしまった。

その頃、秋絵は精神的にも安定していて、穏やかな日々を過ごせていたのに、その日は明らかにようすがおかしかった。

秋絵は冷ややかな表情で、子どもを亡くしたショックで会社を一年くらい休職する父親もいるらしいわよ、責めるような口調でそう言ったのだ。

息子を亡くしても生きていかなければいけない。生きていくためには金がいる。金を得るためには働かなければならない。だから辛くても必死で働いてきたのだ。仕事を辞めてどうやって生きていくつもりなんだ、そう声を荒らげてしまった。

秋絵は泣き出してしまうと思ったが、なぜかほっとしたような表情で「ありがとう」と微笑んだ。その言葉は嫌みではなく、心から言っているように思えた。

秋絵は、初めてあなたの本音が聞けた気がする。あなたが言っていることが正しい。茂明のためにもがんばって生きなくちゃね、そう続けたのだ。

そのあと、墓に供える花を買い忘れたと言って、家を出たまま帰らなかった。展望台から飛び降りたのだ。

最後に俺に届いた秋絵からのメールには「このままだとあなたまでダメにしてしまうから、ごめんなさい」と書いてあった。「あなたまで」という言葉から、秋絵の苦しみがどれほど深かったのかを知った。きっと、茂明を守れなかったのは、自分だけに責任があると思っていたのだろう。

あの朝、あんな弱音さえ吐かなければ、秋絵は死ななかったかもしれない。それを思うと自分自身が情けなくなり、強い自責の念に駆られた。精神的な苦しみを少しでも紛らわすように、何度も壁に頭を強く打ちつけた。

薄暗い部屋の中で目が覚めたとき、全ての気力が失われていた。何もかもがどうでもよくなったのだ。生きていくことさえ――。

夜眠れない日は、どう死のうか考えていると心が落ち着き、幸せな気分になれた。それほど死は安らぎを与えてくれる存在に変わった。

そんなぎりぎりの生活を送っている中、いじめの真相を知ったのだ。人生は選択の連続だと誰かが言っていたが、死を覚悟したときでさえ、いくつかの選択肢は残っている。ひとりで死ぬのか、それとも復讐を終えてから死ぬのか、その葛藤に苦しんだ。

大切なものは、もうこの世界にはない。人間でいられるのは、大切な人や自分自身が大事だと思える気持ちが残っているからだ。それを捨て去れば、道徳や倫理観は消え去り、人は簡単に怪物になれるのかもしれない。

死を受け入れ、人であることを捨てる覚悟ができれば……なんでもできる、なんでもやれる――。

息子が暴行されている動画を見てからは、まるで魔物に取り憑かれたようになり、もう自分では感情をコントロールできなくなった。復讐を考えていると、気分が高揚する。ずっと魔物に心を支配されている気がしたが、犯行後、魔物もまた俺自身だったのだと気づかされた。

拘置所に移送されてから、数ヵ月が経った頃、少年から手紙が届いた。

少年は自分のせいで、俺が殺人を犯してしまったのではないかと苦しんでいた。

間違いなくひとりで計画し、犯行に及んだのだが、もしかしたら心のどこかに、誰かの役に立ってから死にたいという、さもしい気持ちが隠れていたのかもしれない。そのせいで、あの少年を深く傷つけてしまった。

展望台の眺望デッキから飛び降りようとする俺を、必死にとめようとした少年の顔が未だに忘れられない。

あのときも少年が息子に見えた――。

茂明は泣きながら「お父さん」と叫んでいた。あの少年が茂明を呼んでくれた気がする。

そのとき、俺は生きて罪を償おうと決めた。そしてその前にノートが隠蔽されたのではないか、ということをはっきりさせようと思った。

一旦は人間であることを忘れたが、茂明の涙を目にしたとき、もう一度父親としての正しい姿を見せなければならないと思い至ったのだ。人を殺してしまった以上、もうもとには戻れないが、完全な悪にはなりきれなかった。

死刑囚となり、最後の瞬間まで何が正しかったのか考え続けようと心に決めた。

少年の手紙に「あなたは、本当に篠原大和を殺したのでしょうか？　前の手紙にも書きましたが、僕にはどうしてもペニーが殺したとは思えません」と書いてあるのを読んだときは胸を衝かれた。とても繊細で思いやりのある子だとわかっていたが、まさか俺のために真相を探ろうとしているとは想像も及ばなかった。本当の息子に思えて、手紙の文字が滲んだ。

少年の言うとおり、俺は篠原大和を殺害していない。

毎年、妻子の命日の十一月六日は会社を休んでいた。あの日もそうだった。

法廷で話したとおり、ホープボウルに大和を呼び出し、正義やいじめの実態を聞いたところまでは事実だが、そのあとは嘘の証言をした。

いじめた人間の名前を書きたくないと泣く大和をどうすることもできず、時間だけが過ぎた。もうすぐ夜の九時になろうとしていた。

大和は、自分が茂明と同じ立場になり、どれほど苦しかったのかがわかったと泣いて詫びた。高校生になってからは、クラスで無視される生徒がいても、大和は話しかけるようにしていたそうだ。それが彼なりの贖罪だったのだろう。

家族をこれ以上巻き込みたくないという気持ちもわかったが、どうしても茂明を追いつめた相手を知りたかった俺は「一日だけ時間をやるから、明日までにノートに名前を書いて持ってこい。そうしなければ、お前のいじめの実態をあらゆる手を使って、世間に公表してやる」と伝えて、ホープボウルをあとにした。今は混乱しているが、冷静になれば真相を語る以外の道はないと気づくと思ったのだ。

その考えは浅はかだった……。

大和が自殺したと知ったのは、翌日の新聞記事だ。日時からして俺が帰ったあと、屋上から飛び降りたのだろう。

こんなことになるなら、せめて大和が書いたノートを持ち帰ればよかったと後悔したが、もうあとの祭りだった。

大和の死後、俺は警察に茂明が書いたノートを持っていき、正義のことを再調査してほしいと依頼したが、対応してくれなかった。

いじめの真相を探るため、もう一度茂明の同級生に訊き込みをしようと思ったが、また誰かを死へ追い込んでしまう気がして、気力を失ってしまった。

大和が自殺した翌年、「ウォッシュ」という週刊誌に息子の記事が掲載された。そこには『十一月六日の呪い』について書いてあった。この記事が掲載される一ヵ月前に、週刊誌の記者から連絡があり、「息子さんの自殺について伺いたいことがある」と言われたが、何も答えずに電話を切った。いじめの真相を確かめてくれるならまだしも、相手が『奇妙な事件簿』というコーナーで、面白半分に記事を書こうとしているのがわかったからだ。

けれども、記事を読んで驚いた。そこには「Yが遺書を残して自殺した」ことが書かれていたのだ。誰から得た情報なのか知りたくて、出版社に連絡すると、情報の提供者については教えられないと断られた。「息子は誰かにいじめられて自殺した。犯人を捜してほしい」と何度も連絡したが、担当者は席を外していると言われ、まともに取り合ってもらえなかった。

遺書は、大和の遺族か警察関係者から漏れたのだろう。その真相を明らかにする術はなかった。

運命とは実に皮肉なものだと思う。

いじめに苦しむ人々が訪れるライフセーブの集いの掲示板で、俺はハギノと知り合った。そこから、茂明のいじめの首謀者を知ることになるとは夢にも思わなかった。

救いがなかったのは、奴らは大和とは違い、相変わらず残酷な行為を繰り返していたことだ。

けれども、全てが終わってみれば、俺も直紀や竜二と変わらない人間だったと気づいた。なぜならば、反省していた大和を自殺するまで追いつめたからだ。だから、裁判で話したのは嘘ではない。俺が脅して殺したも同然なのだから。

そのせいでたくさんの人たちを傷つけた。救う会のメンバー、丸山、あの少年が署名活動などを行い、死刑にならないようにがんばってくれていたことを稲本弁護士から聞いていた。

三人殺したという証言は、少年の心を殺してしまった気がする。

独居房の狭い部屋で過ごす日々――。

気づけば、少年からの手紙を心待ちにしている自分がいた。本当は、もう手紙はいらないと伝えて、あの子を自由にしてやらなければならないのに、俺の弱さがそれを拒んでいる。けれども、もう伝えなければならない。

俺のことなど忘れ、あの子には幸せな人生を送ってほしいと願っている。

拘置所の生活はそれほど辛くなかった。

刑務官もむやみに厳しいのではなく、近くの独居房で自暴自棄になって騒ぐ死刑囚がいるときは話に耳を傾け、優しい言葉で宥めている。今まで抱いていた拘置所のイメージとはかけ離れたものだった。

三畳半の部屋は、洋式のトイレ、机、流し台などがある。カメラやマイクもついていて常に監視されているが、三食きちんと食事が出され、月に数回、ＤＶＤ鑑賞もできる。

俺は、茂明や秋絵が好きだった映画を観た。幸せだった頃を思い出し、もう一度あの日に戻りたいと何度も願った。

「五十六番、出房準備」

扉の鍵が開けられる音がする。開くまで正座をして待たなければならない。

刑務官たちが中に入ってくると俺は立ち上がり、何か持っていないか服の上から身体を触って検査される。

週に三回戸外運動があり、俺はできるだけ同じ曜日、時間に行いたいと伝え、規則正しい生活を送っている。そして、なるべく早く死刑を執行してほしいと願い出ていた。

十一月六日——。

少年の手紙には、一緒に空を見上げたいと書いてあった。

刑務官に囲まれ、長い廊下を歩いて行く。

この廊下を歩くたび、もしかしたらこのまま、死刑場に連れて行かれて執行されるのではないかという思いがよぎる。だからいつもここを歩くときは、気持ちが浮き沈みする。もう死ねるという喜び、また妻子に会えるかもしれないという期待と同時に、本能的な死への恐怖が押し寄せてくる。

——何が本当に正しかったかなんて、死ぬ間際までわからないんだよ。

ふいに、ホープボウルで直紀に投げた言葉が甦る。

処刑される直前、俺は何を思うだろう——。

どれだけ考えてもわからない。けれども確実にわかるのは、俺が処刑されれば、あの少年は傷つく、という事実だ。

必死に命の紐を引っ張ってくれた少年の姿は、今も鮮明に覚えている。「僕がペニーの息子になるから！」と泣きながら叫んでくれた声が忘れられない。

おそらく、少年は一生傷を抱えたまま生きなければならないだろう。それを思うと、自分がどれほど愚かな行為をしてしまったのかが初めてわかった。出口のない闇の中でその事実に気づき、本当に申し訳ないことをしたと後悔の念に駆られても、もう謝罪さえできない。謝罪したところで、傷は消せないからだ。

少年は手紙に「ごめんなさい」という言葉を書くが、それを読むたびに胸が抉《えぐ》られる。謝らなければならないのは、許してほしいのは俺の方だった。

「五十六番、入りなさい」

屋上には鳥かごのような運動場がある。空は金網越しにしか見られない。

刑務官から縄跳びを受け取り、狭い運動場へ出る。

眩しくて目を細めながら、ゆっくり晩秋の空を見上げた。高く澄みきった空に、うろこ雲が浮いている。

夢を見ているのだろうか——。

空には色とりどりの風船が浮いていた。風船の下には巨大な紙が吊るされている。何か書いてあるようだが、真下から見上げているため字は読めなかった。

頭上で監視している刑務官が異変に気づき、周囲は騒然となった。

紙が風に煽られた瞬間、文字が目に飛び込んでくる。

膝が震え、もう立っていることができなかった。胸の奥から迫り上げてくる嗚咽をとめられない。

刑務官たちがくずおれる俺の両腕を摑んだ。それを振り切り、土下座するように屈んで額をコンクリートに擦りつけた。

今できることはひとつしかない。もうそれしかできない。

跪いて、もう一度空に揺れている文字を見上げた。

——ペニー、僕はあなたに出会えてよかった。

吼《ほ》えるように、空に向かって何度も叫んだ。

どうか、どうか、あの少年の未来にたくさんの幸せを——。

本作品は二〇一八年三月、小社より単行本刊行されました。

双葉文庫

こ-29-02

罪人《つみびと》が祈《いの》るとき

2020年9月13日　第1刷発行

【著者】
小林《こばやし》由香《ゆか》
©Yuka Kobayashi 2020
【発行者】
箕浦克史
【発行所】
株式会社双葉社
〒162-8540 東京都新宿区東五軒町3番28号
［電話］03-5261-4818（営業）　03-5261-4831（編集）
www.futabasha.co.jp（双葉社の書籍・コミックが買えます）
【印刷所】
大日本印刷株式会社
【製本所】
大日本印刷株式会社
【カバー印刷】
株式会社久栄社
【DTP】
株式会社ビーワークス

【フォーマット・デザイン】
日下潤一

落丁・乱丁の場合は送料双葉社負担でお取り替えいたします。「製作部」宛にお送りください。ただし、古書店で購入したものについてはお取り替えできません。［電話］03-5261-4822（製作部）

定価はカバーに表示してあります。本書のコピー、スキャン、デジタル化等の無断複製・転載は著作権法上での例外を除き禁じられています。本書を代行業者等の第三者に依頼してスキャンやデジタル化することは、たとえ個人や家庭内での利用でも著作権法違反です。

ISBN978-4-575-52396-6 C0193
Printed in Japan

小説推理新人賞受賞作

ジャッジメント

小林由香

犯罪が増加する一方の日本で、新しい法律が生まれた。目には目を歯には歯を――。この法律は果たして被害者とその家族を救えるのだろうか⁉

双葉文庫